COLLECTION FOLIO

Pierre Bourgeade

L'empire des livres

Gallimard

Né à Morlanne (Pyrénées-Atlantiques) en 1927, Pierre Bourgeade est à la fois romancier et homme de théâtre.

Parmi ses œuvres romanesques, on peut citer : *Les Immortelles* (1966), *New York Party* (1969), *L'Armoire* (1977), *Le Camp* (1979), *Les Serpents* (1983), *Mémoires de Judas* (1985), *Sade, Sainte Thérèse* (1987).

Parmi ses pièces : *Orden, Deutsches Requiem, Palazzo Mentale, Le Passeport, Le Camp.* Pierre Bourgeade a également adapté Sophocle (*Antigone*) et Aristophane (*Les Oiseaux*) pour Jean-Louis Barrault.

Scénariste ou dialoguiste de plusieurs films, il vient de réaliser un court-métrage, *La Table d'Emeraude.*

A Hannelore Möller.

Aux Libraires.

« Le commerce des livres côtoie tout mon cours et m'assiste partout, il me console en la vieillesse et en la solitude, il me décharge du poids d'une oisiveté ennuyeuse. Pour me distraire d'une imagination importune, il n'est que de recourir aux livres. C'est la meilleure munition que j'ai trouvée à cet humain voyage. »

MONTAIGNE

I

Dans la boutique du libraire

L'après-midi touchait à sa fin.

Une jeune femme entra nonchalamment dans la librairie.

M. Dufourcq était assis derrière son bureau. Il n'allait pas tarder à fermer boutique. Il avait rangé crayons et stylos, il avait bouclé fichiers et classeurs, il avait fermé ses livres de comptes. Il était assis, là, sans rien faire, ses deux mains posées à plat devant lui. C'étaient d'assez vieilles mains, marquées d'assez récentes tavelures. A l'annulaire de la main gauche, M. Dufourcq portait, superposées, deux alliances d'or terni, la plus large au ras de la paume, la plus étroite mordant la première phalange (où un petit cal rouge sombre s'était, à la longue, formé), ce qui indiquait, selon les usages de la région, qu'il était veuf.

Les mains du libraire étaient vieilles, mais la librairie avait été récemment modernisée. Elle mesurait six mètres sur quatre. Des rayonnages couvraient les murs. Des échelles nickelées, coulissant sur des tringles fixées à hauteur d'homme, permettaient d'accéder aux rangées supérieures.

Les livres étaient classés par catégories. De petites pancartes, soigneusement calligraphiées, en écriture anglaise, de la main même du libraire, permettaient au client de trouver sa voie dans cet amoncellement de textes imprimés. « Romans ». « Poésie ». « Théâtre ». « Histoire ». « Sciences humaines ». « Sciences exactes ». « Livres d'art ». « Nouveautés »... La librairie était visiblement ouverte à tous les genres. Certains libraires voient d'un mauvais œil la poésie. D'autres se méfient des romans. M. Dufourcq aimait tous les livres par le seul fait qu'ils étaient des livres, et il avait toujours fait l'impossible pour qu'on trouvât chez lui tout ce qui venait d'être publié. Il était particulièrement épris des nouveautés. Chaque livre récent lui semblait une merveille. Il accordait à ces ouvrages un traitement particulier. Ils étaient exposés au centre de la pièce, sur des présentoirs de bois blanc. Ils y formaient un ensemble coloré. Naguère assez ternes, les livres, par bonheur, étaient aujourd'hui recouverts de brillantes jaquettes plastifiées, qui luisaient sous le feu d'une triple suspension de néon.

M. Dufourcq se tenait au cœur de cet empire, assis dans une attitude familière, le corps rejeté en arrière, les deux mains posées à plat devant lui, immobile et mou, paupières mi-closes, ayant l'air de ce qu'il était, un vieux libraire, qui achève sa journée de travail et qui attend, paisible, astre fixe au milieu du monde mobile des livres, que sorte la dernière cliente pour pouvoir enfin aller dîner.

La visiteuse examinait les présentoirs. M. Dufourcq n'avait rien d'autre à faire qu'à attendre. De l'ongle de son index droit, qui était fort long, il se mit à gratter légèrement (un tic innocent...) le petit cal qu'avait formé, en s'enfonçant dans la chair de son annulaire gauche, l'alliance de son épouse décédée, et put, l'esprit vacant, sans manifester aucune indiscrétion de fond ni de forme (il ne cessa pas de lire un livre pour épier l'inattendue visiteuse, par exemple), suivre des yeux la jeune femme, que le temps ne semblait guère presser, et qui se mit à feuilleter, d'une main distraite, les nouveautés exposées sur le présentoir.

C'était une jeune femme longue et mince, d'une trentaine d'années. Elle était vêtue d'une robe de toile vert pâle, ni trop longue, ni trop courte, chaussée d'espadrilles blanches aux lacets rouges soigneusement noués sur la cheville, et ne portait ni bas ni chapeau. Ses cheveux, blond foncé, étaient retenus par un foulard basque de soie rouge où étaient figurés des pelotaris. La robe verte dont elle était vêtue était une robe sans manches : la jeune femme, ou jeune fille (car, si au premier coup d'œil, elle donnait, on ne sait trop pourquoi, l'impression d'être une jeune femme, elle pouvait donner, à mieux la regarder, l'impression d'être une jeune fille, à moins que cela ne fût le contraire), la jeune femme, ou jeune fille, était donc bras nus, mais elle était gantée de gants très courts, de coton blanc, qu'ornaient de légères nervures brodées. Elle portait, au ras du cou, un collier fait de petits coquillages, autant dire un collier d'enfant. Une femme de son âge qui l'eût vue, le matin même, attacher ce collier autour de son cou, n'eût pas manqué de lui dire : « Tu oses porter ça! », mais elle paraissait porter ce bijou enfantin avec naturel. Elle prit dans ses mains le septième ou huitième livre du présentoir (ayant feuilleté et soigneusement replacé sur leurs piles les précédents) et se tournant vers M. Dufourcq qui, tout en grattant son cal, ne l'avait pas quittée des yeux, lui dit d'une voix claire et distincte :

– Bonsoir, monsieur. Vous êtes le libraire?

M. Dufourcq eût pu sourire de cette interrogation peut-être naïve, peut-être mondaine, en tout cas superflue car tout en lui, lorsqu'il se trouvait seul dans sa librairie, disait qu'il était le libraire, et même, il ne le savait que trop, un vieux libraire, et il eût pu relever sa réponse d'un soupçon d'ironie, de même qu'un romancier expérimenté glisse deux ou trois scènes érotiques dans un chapitre fastidieux pour en relever l'intérêt, mais aussi dénué d'ironie que de vanité, et se révélant, dès ces premiers mots, d'une simplicité au moins égale à la simplicité, réelle ou feinte, de celle qui venait de s'adresser à lui, il répondit :

– Oui, mademoiselle. A votre service.

Elle le regarda attentivement. Elle avait les yeux gris. Elle avait le front bas. Elle avait le nez court. Elle avait le visage ovale, plutôt maigre, les lèvres minces et bien dessinées. Elle avait les oreilles plutôt grandes, que découvrait à moitié le foulard, les lobes charnus, percés, et portant chacun une perle véritable, très petite, imparfaitement sphérique, aux reflets changeants, tantôt laiteux, tantôt irisés.

Le libraire cessa de taquiner son cal. Le sang

reflua du point précis qu'il avait gratté et qui était, en ce court instant, devenu rouge vif. La peau durcie reprit sa teinte sombre. La jeune fille plissa légèrement les yeux. Elle avait de longs cils. Sous leur ombre, les iris foncèrent, la pupille s'agrandit. Le libraire, comme s'il eût voulu protéger ses propres yeux d'un mirage, ou d'un danger, porta sa main devant son visage.

– Libraire de père en fils? demanda d'un ton vaguement doucereux, la visiteuse.

– Non, hélas, répondit M. Dufourcq, sans préciser si la longue chaîne de libraires, dont la jeune femme supposait qu'il était l'un des maillons, s'était interrompue avant ou après lui.

– J'aurais cru.

La voix s'était adoucie. Les paupières se relevèrent. Les iris s'éclaircirent. Les pupilles se rétractèrent. Le libraire reposa la main sur le bureau.

– Une librairie... risqua-t-il d'une voix mal assurée, car, pour la première fois depuis qu'il exerçait le métier, c'est-à-dire depuis très longtemps, il s'aventurait sur le périlleux terrain des confidences, une librairie... c'est surtout affaire de goût personnel!

– J'aurais dû le penser, dit la visiteuse.

Elle s'était adossée au montant vertical de l'une des étagères, ayant pris soin que son dos mince ne heurtât pas les rangées de livres, elle posa de nouveau sur le vieil homme son regard assombri, paraissant abîmée dans des pensées confuses, sans se montrer gênée du silence qui, entre elle et le libraire, maintenant s'était établi. Le bourdon de la cathédrale sonna sept heures. Le libraire ne broncha pas. Brusquement, la visiteuse aspira l'intérieur de ses joues et se mit à les mordiller.

Cet événement, qu'un peintre de batailles eût jugé de peu d'importance, modifia l'expression, et même la forme de son visage. Les joues ainsi creusées, dévorées par l'ombre, la visiteuse parut avoir une tête de mort. Le libraire sembla mal à l'aise. De la tête de mort émanait quelque chose de trouble, de menaçant. Le libraire avait lu plusieurs centaines de fois le mot Eros, dans sa vie, mais ce mot était resté pour lui lettre morte, il n'établit nul lien entre ce mot connu et ce qui semblait sourdre soudain du visage inconnu qui lui faisait face. Il s'agita sur sa chaise. La jeune femme tenait toujours le livre entre ses mains. Elle l'éleva légèrement, glissant l'index entre la couverture et la page de garde.

– Vous voulez sans doute acheter un livre, mademoiselle? demanda M. Dufourcq.

Il portait un veston élimé. Ses poignets en sortaient, épais et ridés, dénués de manchettes. Il avait à mi-pommette, du côté gauche du visage, un grain de beauté gros comme un pois, d'où montaient, sans force, pareils à de tristes jets d'eau jaillissant péniblement d'une pelouse mal entretenue, dans un jardin public abandonné, quatre ou cinq poils gris d'aspect misérable. Il tenait depuis plus de quarante ans cette librairie, baptisée par lui Librairie Nouvelle, sous ce passage d'une centaine de mètres qu'on appelle « Les Arceaux », dans la petite rue aux rez-de-chaussée couverts de voûtes qui va de l'Hôtel-de-Ville à la Cathédrale, l'artère la plus passante de Bayonne, il avait appris à distinguer les gens qui désirent réellement acheter un livre des chalands désœuvrés, qui viennent flâner dans la boutique, et feuillettent les livres sans aucune intention d'achat.

– Je pense, dit la jeune fille.

Elle cessa de mordiller sa joue.

– Nous avons toutes les nouveautés, dit le libraire.

Il eût évidemment été en droit de dire : j'ai toutes les nouveautés, mais se sachant, en son exacte modestie, pourvu en nouveautés ni plus ni moins que les autres libraires de Bayonne, il employa ce pluriel qu'on dit « de majesté » mais qu'il faudrait plus justement, dans un cas semblable, dire « d'humilité ». Levant le menton, il avança la tête vers la visiteuse, les lèvres en avant, la mâchoire ouverte, signe d'attention.

– Eh bien, enchaîna la jeune fille, j'ai l'intention de rester seule chez moi ce soir. J'aurais voulu que vous me conseilliez une lecture, afin de...

Elle n'acheva pas une phrase qui contenait déjà, il faut le reconnaître, un certain nombre d'informations, et non des moindres, que tout autre libraire que M. Dufourcq n'eût pas manqué d'enregistrer.

La phrase « *j'ai l'intention de rester seule chez moi ce soir* » indiquait clairement que, d'habitude, la jeune femme ne « *restait pas seule* », et donc qu'elle partageait, la plupart du temps, ses soirées avec un homme, ou des hommes (avec qui les eût-elle partagées?). L'expression qui introduisait cette confidence, « *j'ai l'intention de* », signifiait en outre que la solitude prochaine de la jeune femme allait dépendre d'elle seule, non de circonstances extérieures. Si elle s'apprêtait à passer sa soirée sans homme, en lisant un livre, c'était l'effet d'un acte réfléchi : d'ordinaire, elle agissait en sens contraire. L'aveu était de taille. Il recelait un monde d'aventures et, peut-être, d'obscénités. Le libraire n'en vit rien.

– Vous pourriez acheter un roman, suggéra-t-il.

– Un roman! s'écria la jeune femme, avec un accent de triomphe. J'y avais pensé! Sincèrement, l'idée n'est pas mauvaise.

– Je puis vous conseiller le prix Goncourt, dit le libraire après un instant de réflexion.

– Est-il bon, cette année? demanda la jeune femme.

– Excellent, comme chaque année, dit le libraire. Mais aussitôt, pris de scrupules à l'idée que, par cette réponse, il paraissait injustement favoriser le prix Goncourt au regard des autres prix littéraires, il ajouta, d'un ton convaincu : les autres prix littéraires sont aussi excellents, bien entendu!

– Le prix Renaudot?

– Le prix Renaudot, le prix Fémina, le prix Médicis, le grand prix du roman de l'Académie française! récita d'un trait le libraire, submergé du désir de s'exprimer avec justice. Ils sont excellents d'ordinaire, et, en particulier, ils sont excellents cette année. Vous pouvez les acheter sans hésiter, vous ne serez pas déçue.

– Les avez-vous lus personnellement?

– Je suis contraint, par mon métier, de lire tout

ce qui paraît. Chaque automne, je lis deux cents romans.

– Vous devez lire vite!

– Affaire d'habitude. Comment pourrais-je conseiller un livre que je n'aurais pas lu? Je lis beaucoup parce que les livres sont pour moi de véritables amis. Il n'est pas un seul livre publié où je n'aie trouvé du réconfort. Si les hommes lisaient davantage, ils seraient meilleurs, croyez-moi, mademoiselle! déclara le libraire avec un accent d'absolue sincérité. Puis, s'apercevant, un peu tard, que ce qu'il venait de dire pouvait signifier qu'il était lui-même un homme très bon, puisqu'il avait lu tant de livres, et qu'il venait donc, un peu niaisement, de se livrer à son propre éloge, il se troubla, et fut pris d'une quinte de toux survenue à point pour le tirer d'embarras.

La jeune femme attendit qu'il eût fini de tousser.

– Si je lisais deux cents livres ce soir, je serais trop sage, dit-elle. Sincèrement, je n'en veux qu'un.

Et pour donner plus de poids à ses paroles, elle reposa sur le présentoir le livre qu'elle tenait entre les mains, puis, de nouveau fermant à demi les paupières, elle laissa longuement errer son regard, comme elle l'eût laissé errer sur un paysage reposant, sur le visage fatigué du libraire.

2

« Que demander de plus? »

Quelquefois, dans le ciel monotone, une planète et une étoile filante se rencontrent. La planète suit, depuis toujours, un trajet routinier. L'étoile filante n'obéit qu'aux lois du hasard. Il arrive pourtant qu'elles se heurtent.

La rencontre, rue des Arceaux, dans la Nouvelle Librairie Bayonnaise, de M. Dufourcq, planète casanière, et de Mlle d'Urruty, étoile filante, avait les plus grandes chances de ne jamais se réaliser. Elle s'était pourtant produite. L'événement ne pouvait rester sans effet. M. Dufourcq, est-il besoin de le dire, n'en pressentit rien. Mlle d'Urruty en eut obscurément conscience. Ayant reposé le livre sur le présentoir, elle resta sur place, les bras le long du corps, aspira ses joues et les mordit, tandis qu'elle considérait le libraire d'un œil qui se dissimulait entièrement derrière les paupières quasiment closes, deux fentes.

– Le prix Goncourt, peut-être? dit-elle d'une voix paresseuse.

Toute sa personne respirait la netteté. Sa robe vert pâle sortait du pressing, ses espadrilles venaient d'être blanchies au blanc d'Espagne, pas une mèche ne dépassait de son foulard, ses bras étaient parfaitement minces et bronzés, ses jambes parfaitement poncées et épilées, son apparence, son maintien étaient ceux d'une jeune femme en qui netteté physique et netteté morale ne font qu'un. Une oreille un peu fine eût pourtant décelé, dans la brusque manière dont elle venait de dire au libraire : « Le prix Goncourt, peut-être? » une inflexion voyou, de celles qu'on remarque dans la voix d'une jeune fille du meilleur monde lorsqu'elle vous dit brusquement, de tout près, alors qu'on penserait qu'elle est en train de penser à autre chose : « Caresse-moi les seins. »

Le libraire avait été marié pendant cinq ans avec une Basquaise patiente, pudique et pieuse, qui ne manquait jamais la messe de six heures, le matin. Cette femme n'était pas dépourvue de sensibilité, elle aimait les fleurs, les canaris, le civet de palombes, on pouvait donc la dire, d'une certaine manière, sensuelle, mais elle haïssait qu'on la touchât, et elle ne se prêtait à son mari que par esprit d'obéissance, les dents serrées. Non seulement, en cinq ans de mariage et quelques dizaines d'étreintes, aussi simples que brèves, elle n'avait pas dit un seul mot au libraire tandis que celui-ci, dans le secret du lit, l'approchait, mais encore, elle serait tombée en poussière si elle avait pu supposer un instant que des femmes, en ces circonstances où elle se sentait mourir de honte, pouvaient, au contraire, exciter le mâle à voix basse, en lui glissant à l'oreille des phrases telles que « Caresse-moi les seins », pour ne pas en citer d'autres.

De telles phrases, elle ne les avait jamais dites, n'ayant jamais pu les concevoir : le libraire, qui n'avait jamais approché autre femme qu'elle, n'avait jamais pu les entendre. Sans doute, lui qui passait sa vie dans les livres, avait-il pu en lire d'analogues dans les pages impures de la littérature ancienne, et même moderne, où elles abondent, mais, attaché à ne retenir des livres que la substantifique moelle, il parcourait d'un œil distrait, l'occasion se présentant, les obscénités qui pouvaient s'y trouver, si nombreuses qu'elles fussent, sans y attacher d'importance, au point de ne pas les voir, de même que certains amateurs de Balzac, idolâtrant les brutaux coups de théâtre qui constituent l'âme de ses romans, « sautent les descriptions » pour arriver plus vite à ces phrases, si brèves, claquant comme des coups de pistolet, qui résument en trait de feu ces chapitres interminables (« *Eh bien, Rastignac, avez-vous vu Lucien? Il a fait peau neuve* ») et pourraient jurer que leur auteur est le plus concis de notre langue.

Ainsi M. Dufourcq eût-il remis sans l'ombre d'une hésitation les œuvres du Marquis de Sade à une jeune fille de treize ans, persuadé qu'elle saurait, comme lui-même, faire la part du feu, et négliger l'accumulation des détails salaces ou des blasphèmes chers à l'écrivain, pour s'en tenir à la haute portée philosophique de ces textes. Il n'aperçut donc pas l'abîme que d'autres eussent entrevu dans la voix, brusquement altérée, de Mlle d'Urruty, et répondit avec une entière candeur :

– Le prix Goncourt, ce ne serait pas un mauvais choix.

– Vraiment, monsieur... « Monsieur?... » répéta la jeune femme en élevant la voix sur la dernière syllabe, manière qu'ont les Parisiens, ou les gens qui ont vécu un certain temps à Paris, de faire entendre à leurs interlocuteurs le désir qu'ils ont de savoir leur nom.

– Monsieur Dufourcq.

– Ah, monsieur Dufourcq! dit-elle sur un ton d'autorité.

– Joseph Dufourcq, dit le libraire.

– Je suis mademoiselle d'Urruty, du château d'Urrugne, dit la jeune femme. Vous connaissez peut-être le village?

– J'ai parcouru chacun des sentiers du Pays Basque quand j'étais jeune, dit le libraire. J'adorais la marche. Je partais avec deux ou trois dictionnaires dans mon sac à dos (j'ai toujours été un grand lecteur de dictionnaires...) et je m'asseyais pour lire au pied d'un chêne. Il y a de si magnifiques bois de chênes chez nous, du côté d'Arcangues, de Sare, d'Ascain... Jamais je n'ai aussi bien lu! Il m'est fréquemment arrivé d'aller de Bayonne à Sare par les crêtes, et puis de rentrer par Urrugne et Saint-Jean-de-Luz. Une journée entière de marche, à l'époque, ça ne me faisait pas peur. Je situe très bien votre château. Mais je dois en vérité vous avouer que, depuis dix ou douze ans, je ne parcours plus que les livres...

Il s'arrêta, confus probablement d'avoir trop parlé de lui-même, confus surtout d'avoir risqué un jeu de mots (« parcourir des sentiers », « parcourir des livres ») dont un homme sage eût dû s'abstenir.

Chercher à briller par le langage?... Vanité! Il ne put s'empêcher de rougir.

A cet embarras, à cette rougeur, Mlle d'Urruty perçut clairement ce qu'elle avait plusieurs fois pressenti depuis le début de leur conversation... qu'elle avait devant elle non un homme d'une soixantaine d'années, un libraire rassis dont l'accoutrement, le visage, les manières, les mains disaient la fatigue, mais un enfant, aussi pur que l'agneau sortant du sein de sa mère. Sa voix, soudain, se fit aussi douce que peut l'être la langue de la mère brebis, léchant et pourléchant le craintif agnelet, pour éviter que, pris de peur, il ne s'échappe.

– Le prix Goncourt, bien sûr... Mais pourquoi, après tout, nous en tenir au roman? dit-elle, désirant que la conversation qui semblait approcher de son terme se poursuivît encore quelque peu. Si vous me conseilliez un livre d'histoire, par exemple? L'histoire n'est-elle pas, d'un certain point de vue, plus enrichissante encore que le roman?

Le visage de M. Dufourcq s'éclaira du sourire qui doit être celui des Élus quand, leur route terrestre achevée, ils sont enfin admis à contempler la face du dieu qu'ils ont désiré voir leur vie durant. Depuis des années et des années, depuis, en fait, qu'il s'était établi libraire à Bayonne, M. Dufourcq avait désiré trouver un jour, en face de lui, une personne qui fût apte à soutenir une conversation littéraire. Cette personne se trouvait là! Ce moment était venu! Il se leva, se tint debout derrière son bureau, en proie à une excitation qu'il n'essayait même pas de maîtriser.

– Certainement, mademoiselle ! Certainement ! Mais, plus encore que l'histoire elle-même, si vous désirez enrichir votre esprit, je vous conseille le roman historique, genre si injustement décrié de nos jours. D'un côté, le roman historique relève de l'art du roman : il satisfait notre imagination. De l'autre, il relève de l'histoire : il satisfait notre soif de connaissance. Que demander de plus ?

Dans cette phrase, « *Que demander de plus* ? » il mit toute la force de persuasion qui l'habitait. Il tenta de rendre communicable son expérience d'homme, fugace et limitée, en ce qu'elle avait d'universel et d'exemplaire. Sa vie n'avait pas été exempte de drames : une femme (tendrement aimée) morte en couches, un fils (sur qui il avait reporté tous ses espoirs) quittant la maison paternelle, le jour même de ses dix-huit ans, pour l'Amérique du Sud, d'où il donnait peu de nouvelles. En ces deux occasions, M. Dufourcq avait éprouvé des souffrances que n'avaient pu guérir les livres, mais il n'avait jamais cessé de penser, au fond de lui, que ces souffrances, par ce qu'elles avaient précisément eu d'excessif, n'avaient pas à être prises en compte pour ce que l'on peut raisonnablement nommer (et qui, mieux qu'un libraire, est apte à la définir ainsi ?) « la commune expérience humaine ». Si cruelles qu'elles eussent été, lui-même, peu à peu, ne finissait-il pas par en guérir ? Il était donc fondé à conseiller à ceux qui, un soir d'indécision, se tournaient vers lui, la lecture (la lecture des romans historiques, qui plus est !), et à accompagner ce conseil d'une remarque qui, sur le ton de l'interrogation, exprimait une vérité d'ordre absolu : « *Que demander de plus?* »

« *Que demander de plus?* » (sous-entendu : qu'un livre?). Ces quatre mots eurent pour Mlle d'Urruty une tout autre signification. Elle y vit d'abord, s'agissant du libraire, la traduction verbale du monde d'innocence où, de toute évidence, son esprit se mouvait. Mais elle y vit aussi, s'agissant d'elle-même, la sentence qui condamnait la vie qu'elle avait menée jusqu'à ces derniers jours, une vie d'aventures et de débauches. Elle avait quitté, naguère, sitôt passé le baccalauréat, le Pays Basque pour Paris, elle y avait mené une vie désordonnée à laquelle, brusquement, elle avait décidé de renoncer.

Sur un coup de cafard (satiété... lassitude...) elle avait décidé de revenir au pays natal. Elle s'y retrouvait, à trente ans, aussi fraîche que si elle n'en était jamais partie, et tout en examinant d'un œil acéré (habitué à déceler vieux marcheurs et dragueurs sur le trottoir parisien) sa mince silhouette dans les vitrines, tandis qu'elle remontait les arcades de cette rue commerçante du Vieux Bayonne, à la recherche d'une librairie, elle pouvait penser que le temps revenait vers sa source, qu'elle en était encore, apparemment, à l'époque où, ayant obtenu une autorisation distraite de la vieille tante qui l'élevait (elle était orpheline de père et de mère), elle avait commencé à venir, seule, faire ses courses, « en ville ». Sitôt déjeuné, elle allait d'Urrugne à Saint-Jean-de-Luz à bicyclette, prenait le tortillard de treize heures pour

Bayonne, flânait dans les rues jusque vers cinq heures, reprenait le train du soir. Elle était rentrée chez elle pour dîner, elle avait acheté deux ou trois livres, elle en avait emprunté un plein sac à la bibliothèque municipale, elle se mettait au lit avec dix romans. En « rhéto », en « philo », ainsi qu'on appelait alors les classes terminales, elle s'était livrée à des orgies de lecture, dévorant tout ce qui lui tombait sous la main. Elle lisait dix livres à la fois. Elle s'asseyait dans ses oreillers, elle disposait les livres sur ses genoux, ouverts en pile, lisait cinq pages de l'un, cinq pages du suivant, et ainsi de suite. Elle lisait tout ce qui était permis, tout ce qui était défendu. Certaines pages lui mettaient le feu aux joues, les pages suivantes, qui paraissaient s'enchaîner comme par miracle avec les premières (son esprit inventif assurant au besoin les transitions nécessaires), la plongeaient dans des univers de sainteté, de sentimentalité, de niaiseries. Puis, elle retombait dans l'horreur. Peu à peu, cependant, sans l'avoir désiré, elle avait pris goût à certains livres. Elle était loin de penser qu'avant moins de deux ans, elle passerait du rêve à la réalité, de ces obscénités imaginaires à l'obscénité vécue. « *Que demander de plus ?* » Elle entrevit, en un instant vertigineux, une spirale de scènes indécentes, auxquelles elle avait été mêlée pour s'être soumise à cette loi. Puis elle se retrouva dans la boutique.

Il lui sembla qu'elle émergeait de l'enfer.

Elle ne put réprimer un tremblement qui n'échappa pas au libraire.

– Vous avez froid ?

On était fin novembre, le vent du sud soufflait depuis trois jours, l'air était tiède.

– Moi? Quelle drôle d'idée!

– Vous m'avez effrayé... Vous êtes devenue si pâle...

– Ne vous inquiétez pas. Parlez-moi des livres.

Le libraire tenait maintenant dans ses mains deux livres, l'un plus épais, l'autre plus mince, entre lesquels il semblait hésiter à fixer son choix. Elle ne put s'empêcher de penser à des sexes humains, d'apparence différente, entre lesquels on lui eût demandé de choisir, scène vécue, naguère, en maison de rendez-vous. Elle y avait souvent été offerte à des clients, dont la tenancière (quel nom, déjà?... Ah oui... Madame Neige...) soupesait d'une main flatteuse les attributs, tandis qu'ils se tenaient près d'elle. « Pour vous, petite. » Images qui n'avaient cessé, des mois durant de la poursuivre, puis qui avaient fini par s'estomper, mais qui parfois, au hasard de circonstances disparates, continuaient de surgir sans motif, comme serpents sortant de l'herbe. Elle n'aurait pas voulu revivre ces moments de sa vie où il lui arrivait de se demander si elle avait encore sa raison. Le visage de Madame Neige sortit alors du néant et se fixa là, sur les rayonnages, au milieu des livres. Visage blanc, très pur, aux pommettes saillantes, aux joues creuses, aux arcades sourcilières nettement dessinées, aux paupières longues, sauvagement soulignées d'un trait de crayon rouge sang allant de la commissure des paupières aux tempes, les soirs d'orgie. Les lèvres s'animèrent, prononcèrent silencieusement quelques mots qu'elle comprit aussi aisément que s'ils eussent été prononcés là, dans la librairie, à voix haute : « Quand revenez-vous? » Elle frissonna de nouveau. Sa propre voix cria dans sa tête « Va-t'en! » Du coude, elle dut prendre appui sur le présentoir. M. Dufourcq la regardait avec attendrissement. Voilà bien les jeunes filles! L'automne est là, elles se croient encore en été, elles sortent bras nus, elles sont frigorifiées!

Se penchant, en dépit du geste de dénégation qu'elle fit, il abaissa le commutateur d'un radiateur électrique qui se trouvait placé près de son bureau.

– Moi aussi, il m'arrive d'avoir froid, même au mois d'août, dit-il. Les livres sont les meilleurs amis de l'homme, mais ils entretiennent l'humidité... Et ici, entre Adour et Nive, nous n'avons vraiment pas besoin de cela!...

L'apparition avait disparu.

– Tout va bien, dit Mlle d'Urruty.

Le libraire prit sa décision. Il replaça le plus épais des deux livres dans les rayonnages et tendit l'autre à la visiteuse, avec le sourire d'un homme sûr de son fait.

– Prenez donc celui-ci. Je suis certain que vous ne pourrez pas vous endormir avant d'être arrivée à la dernière page.

Ainsi, on pouvait lire jusqu'à chasser le besoin de sommeil! Dans les maisons de rendez-vous, il lui était arrivé de continuer à se donner à des hommes parce qu'ils continuaient de la presser, alors qu'elle dormait debout : mais il y avait dans leur approche, dans leur souffle, dans leurs yeux quelque chose qui la faisait agir au-delà d'elle-même, qui la forçait à faire ce qu'elle n'aurait pas cru qu'elle ferait.

Le libraire lui tendait le livre en souriant.

– Prenez.

Les mains du libraire étaient longues et vieilles. Elles étaient marquées de tavelures et de taches. Elles avaient l'air d'être ce qu'elles étaient : les mains d'un vieux libraire ayant passé les trois quarts de sa vie dans une boutique humide du Vieux Bayonne. La peau en était flasque, par endroits. Les doigts étaient longs, assez épais, d'un blanc jaunâtre, à reflets blafards, pour ne pas dire grisâtres dans les plis, les crevasses, les ridules, sans parler de ce petit cal circulaire rouge sombre qui s'était formé au-dessus des deux alliances que portait le libraire à l'annulaire gauche, et qui semblait être un troisième anneau, vaguement repoussant. Sur le dessus des mains, la peau paraissait parcheminée. On voyait y saillir le réseau violacé, proprement variqueux, des veines.

Mais ces mains semblaient douces... ou plutôt, si rugueuses et usées qu'elles parussent être, semblaient s'être adoucies au contact incessant de tant de reliures, couvertures, brochages, vélins, vergés, japons, bouffants, chiffons, papier banal qu'elles n'avaient cessé de toucher la vie durant. Elles n'avaient rien d'effrayant. Au contraire, elles avaient quelque chose d'apaisant; dans leur exténuement paraissait sourdre d'elles une lumière, comme si, à la longue, elles avaient été irradiées par les milliards de mots que les livres contenaient.

Le soir venait. Le bourdon sonna la demie de sept heures. On entendit baisser le rideau des boutiques voisines. Des jeunes gens passèrent en chantant. Mlle d'Urruty se rappela (souvenir qu'elle devait confier, ainsi que tous les détails de cette scène, à son journal, lequel tomba plus tard entre les mains de la police, puis dans les miennes) le mot d'un prêtre, l'abbé Irigaray, le pelotari, ancien curé d'Urrugne, qu'elle avait eu, adolescente, pour directeur de conscience : « Si on finit par trouver la lumière, on la garde », phrase des plus banales, et même commune, à l'entendre de près, comme en ont tout un répertoire les confesseurs, mais qui n'en était pas moins restée inscrite dans sa mémoire, et qu'elle avait évoquée, parfois, seule dans sa chambre, un lendemain de fête. Mais la nuit alors semblait ne devoir jamais finir. La lumière... Si c'était ce vieil homme?... Il lui tendait le livre des deux mains, elle le prit. Un roman historique. Elle nota qu'il lui avait tendu le livre de telle sorte, le pinçant entre pouces et index par l'extrême bord de la couverture, que leurs doigts, à elle et à lui, ne pussent se toucher.

– Je reviendrai demain, je vous dirai si je suis contente de ma lecture.

– Vous serez toujours la bienvenue, mademoiselle.

Elle prononça quelques mots de remerciements, paya et sortit de la boutique.

3

Bayonne

Le drame éclata quelque temps après. J'étais jeune reporter au *Soir de Paris*. Le rédacteur en chef me fit venir. J'avais vingt ans. Pour la première fois je pénétrais dans le bureau sur les parois duquel étaient placardées les « unes » qui avaient fait la gloire du journal. Il me sembla que je voyais déjà mon nom, là, en gros caractères.

– Ça vous dirait d'enquêter sur cette affaire?

– Pourquoi pas?

– Vous connaissez la région?

– J'y ai passé des vacances.

– Un drame dans une librairie, c'est peu banal.

– Tout arrive... On dit que les Basques sont peu bavards...

– L'un de mes amis est commissaire de police à Bayonne. Il connaît très bien la famille en cause – ou ce qu'il en reste. Je viens de lui téléphoner. Il vous attend. Il a eu accès à tous les papiers imaginables : livres de raison, journaux intimes, registres, carnets, lettres, testaments... le fatras habituel. Il aime la presse, il vous communiquera les procès-verbaux d'interrogatoire, il suffira, pour le remercier, que vous citiez son nom, ici ou là. L'affaire semble close sur le plan judiciaire, elle s'achèvera sans doute par un non-lieu... Quelque chose me dit pourtant qu'on pourrait en tirer une bonne série d'articles. Pourquoi n'iriez-vous pas faire un tour au Pays Basque? Ce n'est pas un ordre, c'est une suggestion.

Le soir même, je prenais le train pour Bayonne. Ma chambre avait été retenue dans l'un des meilleurs hôtels de la ville, l'*Hôtel de l'Adour*, à deux pas de la gare, en bordure du fleuve du même nom. Le commissaire Surrumendy était un Basque de vieille souche. Il me fit visiter la ville moderne, débordant des remparts construits par Vauban; le port, naguère florissant, aujourd'hui envahi d'herbes folles; puis le Vieux Bayonne, qu'on appelle aussi, « le Petit Bayonne », entre Adour et Nive, monde de ruelles déjà espagnoles. Il avait établi son quartier général dans un bar voûté, *L'Irrintzina* (du nom que l'on donne au cri long et perçant que les bergers basques et, qui sait, les contrebandiers, poussent à plein gosier pour s'appeler d'un côté à l'autre de la montagne), antre dépourvu de toute autre ouverture que la porte, dont le tenancier, colosse au béret vissé sur les yeux, tirait au tonneau un vin d'Irouléguy plus noir qu'une soupe de chipirons baignant dans leur encre. A grands traits, buvant sec, il me fit un résumé de l'affaire. Selon lui, les femmes, lorsqu'elles ont suffisamment jeté leur gourme, décident de « faire une fin ». Nombre de mésalliances s'expliquent ainsi, par le penchant qu'ont ces créatures repenties à venir se blottir, le moment venu (moment qui coïncide généralement, d'après les patientes observations du commissaire Surrumendy, avec l'apparition des premiers cheveux gris), auprès d'un vieillard, souvent fortuné, qui les rassure. « Jeune, on tue son père... Vieille, on s'en fabrique un de toutes pièces... et on se trouve ramené au problème précédent. Pas vrai, fouille-merde? » Je ne sus que répondre. Il tira de sa poche un carnet à dos spirale, et se mit à dessiner sur une page blanche, à l'aide d'un porte-mine, qu'il prit à l'intérieur de sa veste où je vis, le temps qu'il l'entrouvre, que se trouvait fixée une véritable batterie de stylos, une silhouette féminine sommaire, dotée d'une très petite tête, d'énormes seins, d'une taille de guêpe, et d'un grand sexe en forme de triangle isocèle qu'il couvrit de violentes hachures. Au fond de la pièce, se trouvait un petit brasero, sur lequel le patron faisait griller des sardines. On les mangeait telles quelles, sans couteau ni fourchette, glissées entre deux tranches de pain frottées d'ail.

– Une sardine grillée à la bayonnaise? Vous n'êtes plus à Paris, ici! me dit le commissaire qui s'efforçait maintenant de pourvoir sa créature d'une paire de jambes torses et fortes, s'achevant en longs pieds chaussés d'escarpins à très hauts talons.

– Merci.

– Vous paraissez sombre, ami.

– Je me demande si je vais réussir une bonne enquête. Je me sens un peu étranger, ici, et les Basques se défient des étrangers. J'ai peur qu'ils ne répondent pas à mes questions.

– Pourquoi voulez-vous interroger les gens? Je l'ai déjà fait, connaissant leur langue, leurs habitudes. Tout est dans les procès-verbaux. Vous n'avez qu'à lire.

– Quand puis-je commencer?

– Sitôt que vous voudrez. Le commissariat est à deux pas.

Il me laissa. Il avait jeté sous la table, roulée en boule, la petite feuille de papier sur laquelle il avait machinalement dessiné, tandis que nous parlions, cette petite figure de femme. Je la ramassai discrètement, la glissai dans ma poche. Revenu à l'hôtel, je la dépliai, la remis à plat entre les pages d'un livre. Regardez. Cette forme a été dessinée aujourd'hui! On dirait la Vénus préhistorique... la Vénus de Lespugue!... Tête minuscule. Sexe hypertrophié. Et ces pieds! Regardez ces pieds, pratiquement verticaux, la cheville brisée par l'exhaussement des talons démesurés! Une femme comme ça capable de marcher? Poser la question, c'est y répondre. Elle hante l'esprit, voilà le mal. J'ai conservé ce papier en souvenir, avec d'autres menus objets qui se rapportent à l'enquête : tickets de train, notes d'hôtel, additions de restaurant, billets d'entrée aux parties de pelote basque, photographies de lieux qu'il m'est arrivé de prendre, au Polaroïd, ici ou là. Manie de journaliste. J'en ai plein une boîte à chaussures. Humbles souvenirs, certes, mais j'y tiens. Ils disent ce que les mots ne disent pas.

A l'époque, le Pays Basque était agité de soubresauts. Certains postes de police avaient fait l'objet d'attentats. Je déclarai au commissaire Surrumendy que je préférais consulter les procès-verbaux à l'hôtel. Il m'assura que, dès le lendemain, il me les y ferait porter par la camionnette du service.

Ma chambre donnait sur l'Adour. A droite, le trinquet Garat, haut lieu de la pelote basque, devant moi le fleuve vert-jaune, large de quatre ou cinq cents mètres, trois fois la Seine à Rouen. Des mouettes au long bec, ayant remonté le courant contre le vent, tournoyant, en poussant des cris âpres, au-dessus d'un amas indistinct que le flot emportait, détritus ménagers, charogne d'animal. Pas un bateau, pas une barque. Ah si, un tonneau de pêcheur dérivant lentement au fil de l'eau, et là-bas, du côté du pont du chemin de fer, dont les grises poutrelles enjambaient le fleuve, un « huit » long et étroit de l'Aviron Bayonnais, avançant par sauts brusques, araignée d'eau. Je m'étais fait donner une grande table, qu'on avait placée près de la fenêtre. J'avais devant moi cinquante kilos de dossiers. Mon rédacteur en chef avait eu raison : tous les genres d'écrits, tous les styles. Il me fallait lire, trier, résumer. Le journaliste n'est pas un romancier. Le romancier écrit la bride sur le cou. Le journaliste écrit bridé par la réalité. Le romancier enfourche cette réalité, le journaliste est enfourché par elle, elle le serre entre ses cuisses vigoureuses, elle lui fait sentir le mors, les éperons.

4

Père et fils

M. Dufourcq, de son prénom Joseph, était issu d'une famille de ces Landais qui, au début du siècle, furent nombreux à quitter la forêt et à s'installer à Bayonne pour y trouver du travail. Ses parents ouvrirent dans la Vieille Ville un bar-tabac, auquel ils adjoignirent, par la suite, un commerce de journaux. Après leur décès, M. Dufourcq revendit un bon prix la licence de débit de boissons-buraliste qu'ils avaient dû acquérir, et transforma le dépôt de journaux en librairie. Dès son plus jeune âge, il avait aimé les livres. Il se maria sur le tard avec une cousine issue de germains qui mourut en couches, donnant naissance à un garçon qu'il nomma Vincent, prénom répandu dans les Landes où la dévotion à saint Vincent de Paul, natif de la Chalosse, région vallonnée située au sud-est du département, reste vivace. M. Dufourcq ne pleura pas sa femme qui était maigre, travailleuse et froide. Il reporta tout l'amour dont il était capable sur son fils. L'enfant grandit parmi les livres. M. Dufourcq l'avait inscrit dans l'une des meilleures écoles de la ville, le collège Saint-

Louis-de-Gonzague, rue d'Espagne, alors tenu par les Jésuites. Vincent se montra un élève exemplaire, raflant les prix. A quatorze ans, il avait lu tout ce qui lui était tombé sous la main, à dix-sept ans il avait brillamment passé la première partie du bac, et M. Dufourcq put se dire avec délectation que ce fils bien-aimé ferait un excellent libraire. Sitôt qu'il eut acquis cette certitude, il commença rapidement à vieillir. Ses cheveux blanchirent, ses muscles fondirent, ses mains se couvrirent de tavelures, sa taille devint flasque, sa respiration précipitée, il se tint voûté, il cessa de prendre un soin méticuleux de sa toilette, n'accordant plus à l'apparence que le minimum nécessaire. Son livre de raison, sur lequel il notait les moindres événements de la journée, à l'ancienne mode, et que je pus consulter grâce à l'obligeance du commissaire Surrumendy, en dit long sur cette métamorphose. L'homme livresque a, de l'existence, un sentiment différent des autres hommes. Il a tant vécu, par mots interposés. Il a tant voyagé, tant vu, tant souffert, tant aimé! Plus vite qu'un autre, il désire poser le joug. Monsieur Dufourcq n'avait vécu que pour les livres, et par les livres. Vincent bachelier, prêt à devenir libraire à sa place, il jugea qu'il avait, pour l'essentiel, achevé sa tâche. La mort lui devint une idée familière, on pourrait même dire, amie. Beaucoup la tiennent pour un mystère terrifiant. Il la voyait, plutôt, comme une lumière. Il avait toujours pensé que les mots, qu'ils soient prononcés, qu'ils soient entendus, qu'ils soient lus, ne s'évanouissent pas comme par enchantement. Ils forment des ensembles, des îles, des planètes, qui dérivent éternellement dans le ciel. L'homme qui a franchi le seuil de l'immédiat (ainsi, dans son jargon, nommait-il la vie apparente), et par-dessus tout le libraire qui, ayant franchi ce seuil, dérive à son tour dans l'infini, se retrouve en terres de connaissance. Il vit parmi les mots, pour toujours.

M. Dufourcq se renseigna auprès des fonctionnaires compétents sur les démarches à accomplir afin d'obtenir, à son propre nom, une « concession perpétuelle ». Ses parents avaient été ensevelis dans un coin délaissé du cimetière Saint-Léon, appelé « carré des Landais », où n'existaient pas de caveaux : chaque disparu y avait droit à un simple rectangle de terre, et pour vingt années seulement, misère. La concession accordée, non loin d'un bouquet de cyprès qui donnait à cette partie « résidentielle » du champ des morts une touche romantique, il prit, outre les dispositions testamentaires banales (« Je lègue à mon fils unique tous mes biens »), le soin de commander chez les frères Itthurisq, célèbres marbriers aux ancêtres de qui l'on doit l'admirable statue du cardinal Lavigerie brandissant sa croix en direction de l'Afrique, sur les allées Paulmy, au cœur de la ville, une dalle destinée à son propre usage, dalle pas trop ostentatoire, mais pas trop modeste, en pierre rouge de la Rhune (la montagne de Saint-Jean-de-Luz), sur laquelle il fit aussitôt graver ces trois mots, qui disaient tout de lui :

Les marbriers lui proposèrent d'inscrire, au-dessous de ces mots, sa date de naissance, que l'on ferait suivre, selon la coutume, le jour venu, de celle de son décès, mais il répondit : « A quoi bon? »

Les vacances s'achevèrent. Vincent entra en terminale. Début novembre, il accomplit ses dix-huit ans. A midi, il déjeunait à la cantine. Le soir, le père et le fils dînaient face à face, dans la cuisine à usage de salle commune, où une voisine, d'âge canonique, qui tenait leur ménage, venait chaque jour, d'une main experte, préparer leur frichti, à base d'œufs frits et de jambon cru. Ce soir-là, après qu'ils eurent, pour finir, savouré le fromage de brebis, fait dans la montagne, dont la croûte, frottée de piment rouge, avait la dureté du marbre, M. Dufourcq, écartant les assiettes, posa sur la toile cirée, d'un air triomphant, une photo en couleurs. « Regarde. »

Le jeune homme prit la photographie et la regarda, d'abord sans comprendre. Au bout d'un instant, il dit : « Compliments. » Le polaroïd représentait la pierre tombale dont M. Dufourcq avait fait l'achat, et où l'inscription « Joseph Dufourcq, libraire », creusée au ciseau, puis dorée à l'or fin, étincelait.

– C'est pour toi?

– Eh oui, dit M. Dufourcq d'un ton satisfait. C'est pour moi. Concession perpétuelle. Et pas dans le carré des Landais. Dans le plus joli coin du cimetière, sous les cyprès, du côté de l'Adour!

Reprenant la photographie des mains de son fils, il la rangea soigneusement dans son portefeuille. Puis, se renversant sur sa chaise, il tira de la poche intérieure de sa veste, ce qu'il ne faisait que dans les grandes occasions, une boîte de petits cigarillos, minces et noirs, de marque espagnole. Il en porta un au coin de ses lèvres, l'alluma, en tira une bouffée d'âcre fumée.

– Tout est en règle, maintenant. Un cigarillo? Tabaco superior!

– Merci.

Vincent Dufourcq était un garçon mince et étriqué, mais tout en muscles. Ses épaules étroites, son long nez triste, son front bas, une mèche de cheveux noirs comme de l'encre qui tombait sans cesse sur ses yeux faisait que ceux qui ne le connaissaient pas se trompaient sur son compte car il était dur et vigoureux. Il avait les yeux noirs, de longs cils, des cils de femme.

– Ça t'a coûté combien, cette fantaisie? demanda-t-il.

– Vingt-cinq mille francs, mais j'ai pensé que je pouvais la faire. Quand le jour viendra, tu n'auras à te soucier de rien. La concession est payée, la dalle est prête. Il ne te restera qu'à passer chez le notaire, Me Mendiharat, le testament t'attend : l'appartement, la boutique, le compte en banque sont à toi. Je ne te demande qu'une chose, Vincent : c'est de bien t'occuper de la librairie quand je ne serai plus là.

– Tu comptes passer l'arme à gauche ou quoi?

demanda le jeune homme en regardant son père sans douceur.

– Non, mais on ne sait jamais... J'ai l'impression d'arriver au bout du rouleau. J'ai lu à peu près tout ce qu'on peut lire... et comme tu as bien travaillé, tu es en mesure maintenant de faire aimer les livres aux autres. J'estime donc que j'ai champ libre... et que si, un jour, je m'ennuie trop...

Il posa l'index et le majeur de la main droite, joints, sur sa tempe, comme s'ils eussent été le canon d'un revolver.

– Pourquoi tant de hâte? dit le jeune homme. Moi aussi, j'ai une surprise pour toi.

Il glissa la main dans la poche intérieure de sa veste et en sortit ce qui sembla être un petit carnet rectangulaire, de peu de pages, et de couleur blanche, transversalement rayée de bleu, qu'il jeta sur la table en tapant du poing, entre son père et lui, comme un joueur de cartes, assuré de faire la dernière levée, abat l'atout maître.

– Regarde aussi!

M. Dufourcq prit entre ses doigts ces minces feuillets que retenaient à peine deux agrafes. Un billet d'avion! Il le tint à bout de bras, afin d'en déchiffrer les mentions. « Paris-Buenos Aires. » Les mots dansaient devant ses yeux. Le billet lui échappa.

– Qu'est-ce que ça veut dire?

– Je pars.

– Tu pars pour longtemps?

– Je pars pour toujours.

M. Dufourcq faillit glisser de son siège. Il porta

la main à son cœur, puis d'un mouvement saccadé à sa bouche, un instant frappé d'aphasie. Vincent le défiait, l'air têtu. Les mots revinrent. Sarcasmes, menaces, supplications... Jamais M. Dufourcq ne s'était senti aussi ému, jamais il n'avait été aussi éloquent. Quand il eut cessé de parler, il regarda son fils droit dans les yeux, afin de lire dans ces yeux le renoncement, le repentir. Les yeux de Vincent, noirs comme de l'encre, restèrent opaques. Le jeune homme reprit son billet, le mit dans sa poche.

Deux ou trois jours passèrent, dont M. Dufourcq décompta chaque heure. Puis il reçut une carte postale disant que le vol s'était bien passé, puis une autre, le mois suivant, disant : « Tout est neuf, ici, on se sent vivre! » Il les épingla dans sa librairie, sur le devant de son bureau. La première représentait, vue d'avion, une ville située à l'embouchure d'un grand fleuve, l'autre la façade d'un palais de marbre.

5

La lettre

Le troisième mois, il reçut de Buenos Aires la lettre suivante.

Cher Père,

Je n'ai jamais été un mauvais fils. Au contraire. Je souffre à la pensée que tu auras passé toute ta vie le nez dans les livres. Que sais-tu du monde? Ce que les autres en ont écrit. Par toi-même, rien. De certains on dit : « Ils ont vécu! » De toi, on pourra dire : « Il a lu! » Autrement dit : il n'a rien pensé, rien vu, rien entendu, rien fait par lui-même. Pourquoi vivre, alors? Je hais les livres qui ont fait de toi un vieillard prématuré. Chaque fois que je t'ai retrouvé, lorsque je revenais du collège, cassé en deux sur ta petite table, dans la pénombre, le front appuyé sur la main, en train de lire pour la énième fois de vieux récits (car non seulement tu lis, mais tu *relis*!), j'ai haï ces maîtres de papier qui te tenaient en esclavage. J'aurais voulu remonter dans les siècles et tuer de ma main ces êtres maléfiques qui volaient ta vie. Comprends-moi à présent, toi qui ne m'as jamais compris! J'aurais aimé avoir un père jeune, attentif, fort, vivant, qui m'eût enseigné ce que c'est que vivre. Tu t'es contenté de me fournir en nombre ces objets imprimés censés, me disais-tu, contenir des règles de sagesse. Mais, pour que je puisse profiter de ces œuvres, il aurait fallu d'abord que je passe ma vie à les lire! Il aurait fallu que j'aie deux vies, et tu ne m'en as donné qu'une!

On ne peut pas vivre sans argent. Les libraires sont pauvres, la plupart des écrivains le sont aussi. Je me souviens qu'un jour tu avais invité l'un d'eux, un écrivain que tu estimais beaucoup, à venir « faire une signature », comme tu disais, à Bayonne. Cette cérémonie consiste apparemment à ce que l'idole arrive de Paris, à ce qu'on aille la chercher à la gare, à ce qu'on la conduise avec force courbettes à la librairie, à ce qu'on l'installe derrière la table où sont amoncelés, par ordre de parution, ses propres livres, et à ce qu'elle appose sur la page de garde de ces ouvrages, que lui présentent ouverts (ayant inscrit leur nom sur une étroite fiche qui sera déchirée par la suite) des lecteurs tremblant d'admiration. Je ne me souviens plus du nom de ce poète, ou de ce romancier, mais je sais que tout le mois qui précéda l'événement, tu fus pris, toi si calme, d'une agitation fébrile. Tu changeas vingt fois l'ordre des livres de la librairie; tu réaménageas de fond en comble la vitrine; tu balayas journellement coins et recoins; tu fis repeindre le réduit qui, derrière le « département philosophie » (cinq étagères croulant sous des livres trois fois plus poussiéreux que les autres) tient lieu de commodités; tu disposas de travers ton propre bureau (que je croyais immuable) et mis à angle droit une table supplémentaire faite d'un panneau d'isorel posé sur quatre tréteaux de location; tu fis l'acquisition d'un bouquet de fleurs artificielles; tu placardas sur le côté gauche de la vitrine et, en frise, à hauteur d'homme, à l'intérieur, une douzaine de photographies où le héros de la fête exposait ce visage particulier aux écrivains qu'ils soient jeunes ou vieux, déplumés ou chevelus, glabres ou barbus, gros ou maigres : visage de papier mâché sur qui flotte, indécise, cette expression unique de vanité (« Ne suis-je pas le génie annoncé? ») et de crainte (« Ne suis-je pas la nullité connue de moi seul? »). Tu établis des listes; tu constituas un comité d'honneur; tu avertis les photographes; tu convoquas les associations culturelles; tu écrivis de ta main, tu timbras et postas plus de mille invitations; tu fis paraître des avis dans la presse; tu t'abaissas jusqu'à donner des coups de téléphone à des « amis » que tu n'avais pas vus depuis vingt ans afin qu'ils retrouvassent le chemin de ta boutique; tu m'ordonnas enfin (toi qui n'ordonnais jamais quoi que ce fût) de me tenir, le jour dit, sitôt rentré du collège, mains propres, genoux lavés, cheveux peignés, ayant changé de chemise, à la librairie, car l'idole, que tu irais accueillir à la gare, arrivait par le train de dix-neuf heures, et tu ne voulais pas fermer boutique, comme d'habitude, à dix-huit heures trente, afin que ses admirateurs venus en avance ne courussent le risque de trouver porte close.

Je vins donc. Personne ne se présenta. Sur la longue table de location où s'entassaient les œuvres du maître que tu avais fait venir de Paris à grands frais (toi qui peinais à joindre les deux bouts), t'obligeant à manipuler de lourds colis (qu'est-ce qui pèse plus que des livres?) et à tenir une méticuleuse comptabilité (toi qui as toujours eu horreur des chiffres), et sur ta propre table, détail qui me mit les larmes aux yeux, table que je voyais *pour la première fois* débarrassée de tes propres paperasses, un plateau, recouvert d'une nappe de papier, sur lequel étaient posés, dans un seau à glace, une bouteille de champagne, une trentaine de verres, et quelques assiettes de gâteaux secs. Je dus faire appel à toute mon énergie pour ne pas m'emparer de cette bouteille et, m'en servant comme d'une massue, casser tout ce qui se trouvait là.

Sept heures moins dix : personne. L'impression de désastre qui s'empare parfois, dit-on, de l'esprit humain avant que ne surviennent les grandes catastrophes s'empara de mon esprit et ne le lâcha plus. Je pensai au temps perdu, au travail gâché, à l'argent gaspillé, à ta honte. A sept heures et quart, il y eut un bruit de taxi. Me tenant sur le pas de la porte, je vis descendre deux clochards : toi, et l'idole. Encore certains clochards présentent-ils, par leur accoutrement, la majesté du malheur. L'arrivant, arraché au quartier de Paris, cinq cents mètres carrés, paraît-il, où s'entassent porte à porte, dans une incroyable promiscuité, la quasi-totalité des écrivains et la totalité des éditeurs, avait la dégaine, le pas, le vêtement d'un vieux fonctionnaire. Fonctionnaire des lettres! Recru d'années, d'honneurs, de prix littéraires, introduit dans toutes les chapelles, informé de toutes les querelles, capable de répondre à toutes les questions, écrivant ses cent lignes par jour comme d'autres ont la diarrhée, il était pauvre en tout mais extrêmement riche de suffisance. Fortement déhanché, et marchant la tête en avant, le menton décollé de la mâchoire supérieure, comme s'il ressassait la dernière rosserie qui avait fait florès dans les salons, il portait sous le bras, à l'appui direct de l'os iliaque, un lourd paquet de manuscrits qu'il avait dû lire dans le train pour le compte d'un éditeur et qui était le signe éclatant de sa toute-puissance : siégeant au sein d'un célèbre comité de lecture, il était en droit de dire « oui » ou « non » au projet d'édition de ces textes : il avait donc, de fait, droit de vie ou de mort sur les obscurs jeunes gens, fous d'angoisse, dont il trimbalait la raison de vivre, l'âme même sous son vieux bras. La manière humble, respectueuse, admirative dont tu lui parlais, l'accompagnant, le soutenant, dans cette librairie qui était ta vie mais qui n'était pour lui qu'un lieu mercenaire, me troua le cœur. Je ne pus supporter d'en voir davantage.

Nous n'avons jamais reparlé de cette soirée et des trois jours suivants où je ne reparus pas : ma fugue. Je me suis enfui dans la nuit tombante, il commençait à pleuvoir. J'ai suivi les quais, l'eau était haute, je suis sorti de Bayonne, j'ai marché droit devant moi jusqu'à la Barre, une promenade que j'aimais faire depuis que j'étais enfant. C'était l'époque des grandes marées. Les vagues, rejetant l'Adour dans l'estuaire, paraissaient escalader le ciel. Le bruit de la mer était énorme. La pluie redoublait. J'ai pris la décision de partir. Si j'étais resté un instant de plus dans la boutique, et s'il n'y avait eu ni juges, ni lois, ni prisons, j'aurais certainement saisi la bouteille de champagne avec quoi j'aurais dû casser la table, et j'aurais fracassé la tête de cet homme responsable de ton humiliation. Assez d'écrivains! Assez de livres!

6

Vie de Vincent

– Qu'est-il devenu?
– Vincent?
– Oui.
– Je l'ai recherché, muni d'une commission rogatoire, et si je ne l'ai pas retrouvé en personne, j'ai retrouvé sa trace, dit le commissaire Surrumendy. Est-ce que j'en tire gloire? Non. Il faut avouer que si l'économie argentine est la dernière du monde, la police argentine, elle, est la première du monde. J'ai été passer une dizaine de jours à Buenos Aires, j'ai été reçu en prince, là-bas. S'il est un pays où le policier français se trouve aussi bien que chez lui, c'est...
– Vincent.
– C'était un dur, sous son apparence de fils de libraire. Il a commencé par travailler dans un restaurant, à la plonge, puis serveur, puis chef de rang. Beaucoup de Landais, de Béarnais, de Basques sont installés restaurateurs en Argentine, et dans tout le continent américain. Vincent a bossé comme un âne dès la première année, il a mis de côté un peu d'argent. Dès l'année suivante, il s'est

mis, à moitié, à son propre compte, faisant association avec un Bayonnais, qui avait déjà son affaire, et qui voulait s'agrandir. Les Argentins dépensent des fortunes pour manger. Vincent n'était plus salarié, mais patron. Son compte en banque a commencé de grossir de façon vertigineuse car, n'étant pas argentin, il n'avait pas l'habitude du peso la monnaie de là-bas, et sitôt qu'il en avait une poignée, au lieu de la consumer immédiatement dans les restaurants, les salons de thé ou les dancings, il la convertissait en dollars. Avec une inflation qui atteint souvent 400 % l'an, vous imaginez le résultat !

– Non.

– C'est pourtant très simple. Supposons que le 1er janvier vous déposiez une poignée de pesos au guichet d'une banque américaine, on vous en donne une pincée de dollars. Vous ne l'empochez pas, vous la confiez à la banque. Le 15 janvier, cette pincée de dollars vaut une montagne de pesos. Vous ne l'empochez pas, vous la confiez à la banque, et ainsi de suite. En moins de trois ans, Vincent aurait pu acheter la moitié de Buenos Aires. Tout en conservant ses parts du restaurant, il s'est lancé dans le commerce des chevaux. Il est devenu principal actionnaire d'une société d'exportation dirigée par des Italo-Argentins, qui vend, par cargos entiers, de la viande de cheval aux pays de l'Est en leur faisant croire que c'est du bœuf. Ce commerce a la bénédiction du gouvernement, il est contrôlé par la Mafia. Vincent n'a jamais trempé dans un hold-up, mais il a commandité plusieurs des attaques de banque, qui se sont répandues comme traînées de poudre dans le pays alors absorbé par la guerre des Malouines. Quand le chat n'est pas là, les souris dansent. La police argentine a beau être, comme j'ai eu l'honneur de vous le dire, la première du monde, elle ne peut à la fois surveiller les soldats, les contestataires, l'opposition, les insoumis, les journalistes, les rebelles, les folles de Mai, les anglophiles, les péronistes, les politiciens, les ministres, les généraux – et les mafiosi! Elle est bien obligée de faire la part du feu, et elle a donc dû, la mort dans l'âme, fermer les yeux sur les exportations de viande et sur les attaques de banque.

– Est-on certain que Vincent a lui-même trempé dans ces crimes?

– Oui, car il a pris soin de les signer. A partir de juin 1984, date à laquelle il approche la Mafia et commandite des hold-up, il demande aux voyous qu'il emploie pour attaquer les banques d'incendier, sur le prix, d'une grenade à main lancée avec précision, la librairie la plus proche. C'est ce qui vous explique pourquoi, dans une capitale dédiée aux Beaux-Arts et à la Culture plus qu'aucune autre, librairies, bibliothèques, dépôts de livres ont flambé, ces temps-ci, comme des allumettes. Vous lisez les journaux argentins?

– Rarement.

– Vous avez tort. Vous n'auriez pas besoin de m'interroger. L'incendie de la Bibliothèque Municipale, à deux pas du Palais du Gouvernement, la Casa Rosada, a fait la « une » de tous les journaux. Il faut savoir que cette bibliothèque magistrale laissait loin derrière elle, pour la splendeur, et pour la masse des ouvrages conservés, ces dérisoires entrepôts que sont la Bibliothèque Nationale à Paris, la Bibliothèque Lénine à Moscou, la Bibliothèque Vaticane à Rome, pour ne citer qu'elles. Elle comptait des millions de volumes. Elle était, somme toute, pour notre siècle, ce qu'avait été la Bibliothèque d'Alexandrie pour les Anciens. L'homme par qui elle fut réduite en cendres ne s'en tenait pas qu'au symbole! Détruisant le grandiose, il n'oubliait pas le petit. D'après mes comptes, il n'a pas incendié ou fait incendier moins de trente-sept librairies dans la seule ville de Buenos Aires! (Il tira une photographie de son portefeuille et me la tendit.) Jetez un coup d'œil là-dessus.

Le cliché représentait l'incendie de la Bibliothèque Municipale, qui provoqua une vive émotion dans le monde entier, et que l'opinion exaspérée attribua, sans aucune preuve, aux péronistes. Le magnifique bâtiment de dix-sept étages, orgueil de la nation, était la proie des flammes. Par les symétriques fenêtres (trente-deux par étage, séparées, de quatre en quatre, par des bustes de marbre représentant les plus illustres écrivains latino-américains), les bibliothécaires échevelés, certains déjà couronnés de flammèches, jetaient, par brassées, des livres à demi consumés. Une fumée noire, montant du brasier, s'étendait sur l'immense ville, dont on devinait les ultimes buildings dans le lointain. L'horizon lui-même était noir de suie. Au premier plan, à droite, visiblement surpris par l'objectif, un petit groupe d'hommes à allure de bandits contemplait la scène. Derrière ce groupe, masquée par la fumée, on devinait la silhouette d'un homme maigre, de haute taille. Sur cette figure indistincte, donc menaçante, le commissaire Surrumendy posa l'index. « Ecce homo. Celui que nous cherchons. »

Me penchant sur la photo, je cherchai à distinguer les traits de Vincent Dufourcq. Impossible. Trop de fumée. Je rendis l'épreuve.

– On n'a pas tenté de le poursuivre en justice? demandai-je.

– Non, bien sûr. Ces incendies se sont perdus dans l'incendie plus grand qu'a été la guerre des Malouines. L'Argentine a vécu deux ans de folie. Tout est amnistié, maintenant.

– Cet homme habite-t-il toujours Buenos Aires?

– A mon humble avis, oui.

– Pourrait-il un jour revenir à Bayonne?

– A mon humble avis, pourquoi pas?

7

Instantanés

La Terre dérivait lentement dans l'espace. Elle était bleue. Elle était inclinée sur son axe. Vue de Mars, elle semblait entrer dans la nuit. Son dôme supérieur, casqué de glaciers, légèrement aplati, brillait d'une douce lueur rose. Vue de Saturne, qui se trouvait à l'opposé du ciel, c'était le contraire : elle paraissait sortir de l'aube. Elle affectait la forme d'un croissant dont les pointes acérées brillaient comme des lames de couteau. Dans l'hémisphère Sud, où les humains semblaient marcher la tête en bas, au cœur d'une vaste ville de marbre disposée en damier sur les rives d'un large estuaire, un homme regardait brûler une librairie. C'était un homme de haute taille. Il se tenait à l'arrière d'un groupe d'hommes plus petits, pauvrement vêtus, armés de revolvers et de fusils, dont certains portaient sur l'épaule de lourdes sacoches de cuir pareilles à celles que les gauchos accrochent à la selle des chevaux, dans la pampa. Ils venaient de piller une banque. Ils avaient les cheveux noirs, le teint basané, ils paraissaient hilares et dangereux, ils mâchonnaient des cigares. L'homme qui les dominait d'une tête était vêtu à l'européenne. Il portait le costume sombre, la chemise blanche, la cravate noire des managers. Le sourire aux lèvres, il regardait la librairie brûler. Ce n'était pas n'importe quel sourire : c'était un sourire « à l'américaine », découvrant les dents, donnant au visage une expression de défi. Ce n'était pas n'importe quelle librairie : c'était la Bibliothèque Municipale de Buenos Aires, la gloire d'une ville, l'orgueil d'un continent. Des employés aux longues blouses grises, dont la chevelure avait pris feu, et qui paraissaient être des créatures hybrides, moitié anges infernaux, moitié déménageurs, traversant les fenêtres dont les vitres brisées tintaient comme des carillons, se jetaient dans le vide, serrant sur leur poitrine quelques livres précieux déjà racornis par la chaleur.

Les photographes, venus en nombre, et les caméras des actualités télévisées fixèrent une scène mémorable, pièce dans la pièce, tragédie dans la tragédie. La Bibliothèque comportait dix-sept étages. Au-dessus s'élevait un toit pentu, de briques roses, imitant le marbre de la façade. Sous ce toit se trouvaient des combles naguère inutilisés mais que, sous l'afflux ininterrompu des livres, on avait, depuis trois ou quatre ans, aménagés en salles de dépôt, que l'on avait affectées aux incunables. Ces salles recevaient le jour de petits chiens-assis disposés à intervalles réguliers sur le toit. A l'une de ces étroites ouvertures, meurtrières plutôt que fenêtres, apparut soudain le buste à demi consumé d'un bibliothécaire en blouse grise. Un vieillard à tête de prophète, dont l'épaisse chevelure et la longue barbe étaient en feu, et dont le visage, vingt fois grossi par les téléobjectifs, apparaissait à l'instant même sur les téléviseurs du monde entier. L'homme hurlait. Il tentait de passer par cette meurtrière (ayant sans doute l'intention de se laisser glisser le long du toit vers lequel les pompiers dressaient déjà la grande échelle), en serrant contre lui un énorme in-quarto, l'un de ces précieux manuscrits enluminés où furent écrits les premiers mots de notre histoire. Hélas! L'ouverture était trop étroite. La toiture craqua. Par les profondes fentes qui aussitôt la lézardèrent, s'échappèrent de longs jets de fumée. Le visage de l'homme, auquel revenaient sans cesse en gros plan les caméras, exprima la terreur, puis la résolution, puis la paix. Les flammes en avaient maintenant dévoré le front, qui s'était recourbé sur lui-même comme un morceau de parchemin se consumant, elles avaient troué les joues à travers lesquelles on voyait l'os des mâchoires. L'homme lança le livre au-dehors, et le toit s'effondra dans une formidable gerbe d'étincelles.

Les caméras suivirent alors le livre qui s'était largement ouvert et qui, pareil à un oiseau aux ailes éployées, soutenu par les puissantes ondes de chaleur qui venaient du brasier, paraissait descendre majestueusement sur la terre.

– Qui était l'homme? demandai-je plus tard au commissaire Surrumendy.

– On ne l'a jamais su, cent bibliothécaires, au bas mot, ayant péri dans l'incendie! Un ami des livres, en tout cas, puisqu'il n'hésita pas à donner sa vie pour éviter la destruction d'un livre, acte sans précédent dans toute l'histoire de l'humanité.

– L'Argentine lui a-t-elle été reconnaissante?

– Certes. On peut voir, aujourd'hui, à l'angle sud de la Bibliothèque Municipale, désormais reconstruite dans sa magnificence d'antan, un curieux monument, en bronze poli, teinté dans la masse afin d'imiter, pour l'œil exercé, le cuir satiné des in-quarto, et qui représente un livre aux pages ouvertes soutenu par un visage à demi consumé dont les cheveux et la barbe sont des flammes. Une inscription gravée dans le marbre du socle dit : « Au bibliothécaire inconnu. » Il perpétue l'héroïque sacrifice.

– Ce monument est vénéré?

– Pas par la foule, qui préfère le football. Mais sur la pelouse qui l'entoure, on voit fréquemment se rassembler des enfants qu'intrigue cette sculpture énigmatique. Quand je me rendis à Buenos Aires pour l'enquête, je vis des fillettes cacher des billets amoureux, pliés en quatre, dans les joues trouées du martyr, et des jeunes gens coller, en réponse, des restes de chewing-gum longuement mâchés entre les pages à jamais immobiles du livre. Le tout est de savoir lire les messages.

– Bien sûr.

A sept mille kilomètres de là, invisible à ceux qui, dans la galaxie, n'aperçoivent jamais la face cachée de la Terre, un vieil homme lisait un roman historique, assis à sa table de travail. Il était vêtu d'une veste d'intérieur en laine des Pyrénées, dans les tons grenat, passablement usagée, et portait des lunettes à double foyer, dont la branche gauche, cassée au-dessus de l'oreille, avait été rafistolée à l'aide d'un morceau de sparadrap. A portée de sa main se trouvait une loupe grâce à laquelle, le cas échéant, il pouvait déchiffrer les notes de bas de page, souvent imprimées en caractères très petits. Le manche de la loupe était fait d'un morceau de bois dur (chêne? hêtre? teck?) parfaitement cylindrique, recouvert d'une couche de vernis noir. Dans l'épaisseur de ce vernis, étaient finement gravés, en caractères penchés, couramment nommés *écriture anglaise*, ces trois mots : *Made in Germany*. Le *G* de *Germany*, placé à l'endroit exact où se pose le pouce lorsque l'on fait usage de la loupe était à demi effacé. Sur le fronton interne du bureau, qui formait tablette, à usage de vide-poches, et où le vieillard avait déposé de menus objets : stylo, peigne, menue monnaie, trousseau de clés, tickets d'autobus valables sur le réseau urbain du B.A.B. (Bayonne-Anglet-Biarritz), étaient épinglées deux photographies : l'une représentait une ville au tracé géométrique, située à l'embouchure d'un grand fleuve : c'était la ville où avait eu lieu l'incendie. L'autre représentait un palais de marbre : c'était le palais, situé au cœur de cette ville, aux colonnes duquel s'appuyait parfois, d'un air nonchalant, l'homme de haute taille, au sourire insolent, qui regardait la Bibliothèque flamber.

Non loin de là (pour un observateur suffisamment éloigné, la Terre n'est guère plus grande qu'une orange, elle est bleue, traversée de traces crayeuses, elles-mêmes piquetées d'infimes taches sombres qui sont peut-être des agglomérations; Buenos Aires et Paris, alors, paraissent séparés par une dépression ayant au télescope l'épaisseur d'un cheveu), non loin de là, donc, à Paris peut-être, deux jeunes filles, dans un salon vieillot, buvaient une verveine avant d'aller se coucher. Elles se ressemblaient, vues à ces distances on aurait pu les prendre pour deux sœurs. La première était à demi allongée sur une méridienne de velours prune, bordée sur trois côtés (on avait fait l'économie de cet ornement côté paroi) d'une bande de passementerie elle-même enrichie d'une discrète frange de pompons, la seconde était assise à ses pieds sur un coussin où était brodé un paysage. Elles ne se parlaient pas. Elles semblaient songeuses. Elles buvaient, avec de secs petits coups de tête qui eussent pu les faire prendre, par des observateurs mal informés de ce qu'est l'espèce humaine, pour des oiseaux, leur tisane trop chaude, et se lançaient parfois de brefs regards. Un voyeur, averti de ce que sont les femmes, eût déduit, lui, de ces regards aigus, qu'elles partageaient, depuis peu, peut-être, un secret.

8

Gracieuse

Gracieuse d'Etchepare avait le même âge que Maïtena d'Urruty. Elles s'étaient connues enfants chez les Dames de Saint-Maur, à Bayonne, et ne s'étaient jamais quittées, prenant ensemble, en location, un petit appartement à Paris, rue de Vaugirard, près du Luxembourg, lorsque après le baccalauréat elles étaient venues étudier en Sorbonne. Gracieuse s'était inscrite en philosophie, Maïtena en lettres. Vivant côte à côte, studieuses et réservées, elles ne savaient pas grand-chose l'une de l'autre. Chacune avait sa chambre. Elles partageaient le salon, la salle de bains. En 1980, Gracieuse rencontra dans un café un homme marié qui l'emmena en week-end et lui fit connaître d'autres hommes. Il s'appelait Alexis Vernes, était directeur de sociétés. Gracieuse dit à Maïtena qu'elle avait une relation sentimentale, Maïtena n'en demanda pas plus. Elle prit l'habitude d'aller au cinéma seule, le samedi et le dimanche, au lieu d'y aller avec son amie. Gracieuse espérait que Vernes, marié à une femme riche, finirait par divorcer pour l'épouser : il lui disait qu'il ne pouvait plus se passer d'elle, mais rien de tel ne se produisit.

Trois ans après le début de leur liaison, comme ils s'apprêtaient à partir en week-end à la campagne et qu'ils désiraient épicer d'une manière nouvelle leurs plaisirs (d'ordinaire, ils se rendaient dans des maisons de rendez-vous où l'on pouvait passer la soirée en amoureux, mais aussi participer à des « soirées » collectives), Gracieuse eut l'idée d'emmener avec elle Maïtena, lui disant simplement au moment où, son sac de voyage à la main, elle allait sortir de l'appartement : « Pourquoi ne viendrais-tu pas passer le week-end avec nous, tu n'as pas envie de t'amuser? », à quoi Maïtena avait répondu : « Mais si, justement, j'en meurs d'envie! » Ils s'étaient retrouvés dans une auberge sur les bords de Seine, en Normandie, et ils y avaient fait un bon dîner qu'ils avaient achevé dans le même lit.

Ils y avaient passé tout le dimanche, s'y faisant servir un déjeuner qu'une grande servante rougeaude, fortement charpentée, et dont le corsage entrebâillé laissait apercevoir d'énormes seins laiteux, leur avait apporté, en riant sous cape, jusque sur les draps où, à midi, ils étaient encore entremêlés. Ils n'avaient regagné Paris que le soir. Avant de se séparer, dans la voiture de Vernes où les jeunes filles avaient fait la route collées l'une à l'autre sur le siège avant, ils s'étaient donné un triple baiser, mêlant leurs langues. Vernes était parti, sa femme l'attendait. Les jeunes filles étaient remontées dans leur appartement. Une fois la porte refermée, Maïtena avait regardé Gracieuse en se mordillant le dedans de la bouche : « Eh bien, on peut dire qu'on a drôlement *vernésé* aujourd'hui! » Elle avait envoyé valser la veste de son tailleur et, en soutien-gorge, avait couru dans la salle de bains. Elle s'était longuement lavé les dents. Gracieuse, s'étant déshabillée dans sa chambre, était entrée pour prendre sa douche. « Je t'en supplie, lui avait dit Maïtena, attends que je sorte, je n'en peux plus de nous voir nues! » Toute la semaine, elle avait paru mélancolique, et elle n'avait fait aucune allusion à ce qui s'était passé, mais le vendredi venu, lorsque Gracieuse lui avait demandé : « Est-ce que tu viendrais demain avec nous, en Sologne? », elle avait répondu « Pourquoi pas? »

9

La servante

L'habitude était prise. Un samedi sur deux, ils partirent ensemble. Ils allèrent en Sologne, en Bourgogne, à Deauville, en Flandres, en forêt de Chantilly. Vernes connaissait les bons endroits. La sixième ou la septième fois, ils se retrouvèrent dans l'auberge du bord de Seine où ils avaient déjà été le premier jour. Vernes donna cinq cents francs à la serveuse rougeaude et robuste qui les avait servis dans leur chambre pour qu'elle vînt boire le champagne avec eux. C'était un samedi soir. Elle but deux coupes, puis s'allongea en travers du lit, se laissa faire. Vernes défit les boutons de son corsage, ses seins sortirent, énormes et blancs, puis il releva d'un coup sa jupe jusqu'à la taille. Elle ne portait rien dessous. Ses jambes et son ventre avaient la blancheur du marbre. Elle avait fermé les yeux. « Regardez ce corps », dit Vernes d'une voix altérée. Elle poussa un gémissement, attrapa au jugé un oreiller, et le pressa, de ses deux bras croisés, sur son visage. Ses jambes tremblaient. Elle les écarta un peu. Vernes se laissa glisser à genoux. Pour la première fois de sa vie, Mlle d'Urruty qui, au cours de ces trois derniers mois, avait appris un certain nombre de choses, vit une fente telle qu'on peut la voir dans le moment précis où on a pour seul souci de la regarder. Elle se rappela un souvenir qui la fit violemment rougir. Étant fillette, après la fin de ses premières règles, étonnée par ce qui venait de se passer, elle avait eu envie de voir si cet événement, sur lequel sa mère s'était montrée discrète, n'avait pas laissé sur elle quelque trace, une souillure, une plaie dont elle resterait marquée. Un après-midi qu'elle était seule, ayant soigneusement fermé la porte de sa chambre à clé, elle décrocha un miroir, à encadrement de bambou, qui se trouvait dans le cabinet de toilette, le posa sur le plancher devant la fenêtre, et se tint au-dessus, nue, les jambes ouvertes. Vernes approcha le visage, la langue tendue comme un serpent. Mlle d'Urruty à son tour ferma les yeux.

A Urrugne, le château, situé sur une colline, se trouvait en lisière de la forêt. Les fenêtres donnaient sur un grand ciel, mais les vastes pièces étaient sombres. Elle se demanda si le goût qu'elle avait eu aussitôt pour ces maisons de rendez-vous aux chambres closes, souvent ornées de tapisseries et de tentures, ne venait pas du fait qu'elles ressemblaient, d'une certaine manière, aux chambres silencieuses de son enfance. Lorsqu'elle avait posé le miroir sur le plancher, entre ses jambes, dans l'étroite fente de lumière délimitée par les contrevents entrebâillés, et qu'elle s'était penchée en avant pour regarder, elle avait vu, étincelant dans la pénombre et comme si cette cruelle lumière sortait d'elle, cette partie d'elle-même qu'elle n'aurait jamais dû voir. Elle n'eût pu exprimer l'effet qu'avait produit sur elle la découverte de cette fissure d'une longueur inattendue, d'une pâleur triste et repoussante, bouche démesurée dont les lèvres stupides semblaient scellées sur on ne sait quel secret, et elle s'était plusieurs fois demandé par la suite comment il se pouvait que le corps tout entier ne se vidât pas par cette fente, sitôt qu'elle écartait tant soit peu les jambes pour marcher. Elle était restée terrifiée, immobile, se sentant devenir statue de sel, à l'égal de cette femme de Sodome dont elle avait appris l'histoire au catéchisme, et elle s'était attendue à être foudroyée sur place par la justice divine, à cause du péché qu'elle avait commis en regardant ce qu'il était interdit de regarder.

Elle avait revu, et, au moment même où, dans l'auberge, elle se rappelait brusquement tout cela, elle revoyait avec une précision hallucinante, la gravure qui, dans l'Histoire Sainte, accompagnait ce récit, mais elle la voyait agrandie à taille réelle : la terre désertique, le ciel furieux, les grandes villes blanches, à l'horizon, que la pluie de feu incendiait, la femme de Loth transformée en statue de sel, et, brillant dans un trou de nuages, le Triangle, au centre duquel un Œil énorme la fixait.

Vernes donna un coup de tête en avant. La servante, poussant un gémissement, écarta largement les cuisses. Gracieuse se détourna. Mlle d'Urruty but une coupe de champagne, qui se trouvait à demi remplie non loin d'elle, la reposa sur la table de chevet, et emplie d'un sentiment d'ivresse qui lui faisait se dire « je deviens folle », se levant du fauteuil où elle était assise, vint se tenir debout au-dessus du lit. Vernes fouillait le sexe, de manière rythmée, donnant des coups de tête répétés entre les cuisses. Celles-ci s'étalaient, larges et blanches, horriblement ouvertes. « Comment peut-elle autant écarter ça? J'ai l'impression que je vais entendre les os de son ventre craquer. » Soudain, le corps de Vernes se raidit, les cuisses brusquement se refermèrent, la servante s'arc-bouta en arrière, pressant violemment l'oreiller contre son visage. Maïtena remarqua les doigts soudain crispés, qui paraissaient ressembler à des griffes. A l'auriculaire était passé un anneau de plastique rouge vif (acheté peut-être au « Tout pour un franc » dans une foire) comme on en passe aux pattes des volailles. Elle eut le cœur serré.

– C'est un tombeau, ici, j'étouffe! dit Gracieuse.

Elle avait rapidement passé une jupe, un chemisier. Elle dit à Maïtena :

– Tu viens faire un tour?

– Je veux voir encore!

Gracieuse sortit vivement de la chambre. Écartant le rideau qui masquait la fenêtre, Maïtena l'aperçut qui se dirigeait à grands pas vers le fleuve, large et gris, traversé de courants d'un vert glauque. De l'autre côté de l'eau se tenaient des pêcheurs – silhouettes petites, immobiles, pointues – engoncés dans des imperméables à capuchon. Une barge passa, poussée par un bachot à moteur qui hoquetait. Vernes paraissait reprendre souffle. Il n'avait pas relevé la tête. Il respirait profondément. On voyait, à chaque inspiration, saillir ses côtes. Maïtena revint vers lui, se pencha, lui caressa, du bout des doigts, les cheveux. « Continue, chéri. »

Journal de Mlle d'Urruty

13 mars

Gracieuse est sortie de la chambre, j'avais envie de la suivre, mais je suis restée, j'ai touché les cheveux de Vernes, je me suis entendue lui dire : « Continue, chéri. » A cet instant précis, je le haïssais, je haïssais la grosse servante rousse, je haïssais Gracieuse de m'avoir entraînée dans cette histoire, et enfin je me haïssais d'être là. Mais, pour un empire, je n'aurais pas cédé ma place. Si la curiosité doit conduire en enfer, eh bien, j'irai. L'homme a paru reprendre des forces, il s'est hissé sur le lit, ou, pour mieux dire, sur le corps largement ouvert. J'ai vu ce qui se passe quand le membre de l'homme pénètre la femme. Le passage qui donne accès en nous m'a paru se trouver pas du tout où je l'aurais cru, mais beaucoup plus loin en arrière, ne faisant pas partie du « devant » du corps proprement dit, mais presque de l'arrière, de l'en dessous. Il n'était pas inanimé, il paraissait vivre d'une vie propre, je le voyais se resserrer et s'élargir infimement à chaque pulsion, comme eussent fait, s'étant refermées sur un poignet humain, les ventouses d'un poulpe. J'étais fascinée. Le poulpe et ce qui le pénétrait ne faisaient qu'un. La servante avait laissé tomber l'oreiller. Vu en raccourci, front à la renverse, menton dressé, que soutenait une blanche collerette de graisse, son visage était dénué d'expression. On aurait dit une tête coupée. L'homme étreignait durement la jeune fille mais son bras droit, parfois, mécaniquement, battait l'air. « On est bien des bêtes », pensai-je. « Je viens aussi, chéri », dis-je très doucement à Vernes qui, tout enfoncé qu'il était dans son travail, ne risquait pas de m'entendre. Je m'allongeai sur le dos à gauche de la servante, me serrant contre elle autant que je pus et lorsque la main droite de Vernes, ayant une nouvelle fois lâché le corps qu'il étreignait, parut remonter vers le visage, je la pris de ma propre main, et la posai sur mon sein, sur lequel elle se referma avec violence, m'arrachant un cri.

15 mars

Si quelqu'un m'avait dit : « Pourquoi as-tu fait ça? », j'aurais pu répondre sans mentir : je ne sais pas. J'ai fait des choses pires par la suite, mais il me semble que j'ai touché le fond, pour la première fois, ce soir-là. En pensant au moment où je me suis allongée près de la servante, je suis tentée de dire : je l'ai fait, mais ce n'est pas moi qui l'ai fait. C'est mon corps qui l'a fait pour moi. Le vendredi, quand j'avais décidé de quitter Paris, à partir du moment où je franchissais le seuil de l'appartement, c'est comme si je lui avais donné champ libre. D'ordinaire, je descends les escaliers sans hâte. Gracieuse avait l'habitude contraire : descendre les escaliers en courant. Mes jambes se mettaient à courir derrière elle, le vendredi, sitôt que nous avions entendu le coup de klaxon de Vernes, qui ne pouvant trouver à garer sa voiture dans la rue toujours encombrée et s'étant arrêté en double file, restait au volant, se contentant de donner, pour Gracieuse et pour moi, un double coup d'avertisseur. Le bruit de notre galopade dans ce vieil escalier sonore comme un tambour retentit encore dans ma tête. A partir du moment où je percevais ce roulement, je lâchais les rênes à mon corps. Quoi qu'il dût se passer dans la soirée, je savais qu'il irait de l'avant. Rien ne le ferait reculer. J'étais comme ces soldats de jadis qui couraient à l'assaut sitôt qu'ils entendaient sonner la charge, et ne retrouvaient leurs esprits que la bataille finie. Coups de klaxon, tambour dans l'escalier! On débouchait sur le trottoir, on apercevait la Porsche rouge, on se tassait à deux sur le siège du passager, un odorant siège de cuir noir. Cette odeur du cuir demeure aussi dans mon esprit comme un signal. Elle en annonçait d'autres, l'odeur de l'homme jouissant, l'odeur de la femme écartelée.

10

L'hiver

L'hiver vint. Vernes passait, parfois, en cours de semaine, prendre le café, après dîner. Il ne s'attardait pas. On parlait de banalités. Avec Gracieuse, Vernes se montrait familier. Avec Maïtena, il restait cérémonieux. Il lui disait « vous » alors qu'il tutoyait Gracieuse, et alors qu'il les avait peut-être, la veille, prises ensemble.

– C'est curieux, dit Maïtena, un jour qu'il venait de partir, j'ai l'impression qu'il me regarde sans me voir. Quand il est là, je crois avoir au doigt cet anneau qui rendait invisible.

Elle tendit l'auriculaire de la main gauche, faisant machinalement le simulacre d'y passer, de l'autre main, une alliance.

– Détrompe-toi ma chère. Il cache son jeu.

– Tu es sûre?

Gracieuse lui servit une tasse de café. Le salon était d'allure vieillotte. L'appartement avait été loué meublé. Le service à café était de porcelaine tarabiscotée, genre Louis-Philippe. Les tasses, hautes et étroites, étaient de section octogonale qui allait s'évasant vers le haut. L'anse, extrêmement mince, et les rebords, étaient dorés. Sur les flancs étriqués de ces vases étaient figurés, dans la masse, des sujets extrême-orientaux : clairs de lune, lacs, hérons, pélicans. La pièce était encombrée de divans, de poufs, de coussins posés à même les nombreux tapis. Maïtena était allongée sur un canapé de velours prune, recouvert d'un châle vieux rose, à longues franges. Sitôt que Vernes était sorti, elle avait envoyé valser son jean, qui la serrait trop, et ses mocassins. Elle était jambes nues, en socquettes blanches. Ses jambes étaient musclées et bronzées. Elle portait un tee-shirt blanc, à manches courtes, et un mini-slip blanc sur lequel était dessinée une tête de Mickey. Ayant reposé la cafetière sur une minuscule table basse enjuponnée de taffetas, elle se laissa glisser aux pieds de son amie.

– Tu veux en savoir davantage? dit-elle.

– Savoir quoi?

– Ce que Vernes pense de toi.

– Il pense quelque chose?

– Tu ne me répondrais pas ainsi, en te moquant, si tu ne craignais pas, au fond, de savoir ce qu'il pense.

– Je viens de te le dire : j'ai l'impression qu'il ne me regarde pas.

Gracieuse poussa un soupir. Maïtena but une gorgée de café. Dans la rue, une voiture klaxonna.

– On se croirait le vendredi, dit Maïtena.

– Écoute, dit Gracieuse. J'ai fait l'amour avec lui hier après-midi. Il m'a brusquement parlé de toi.

– Tu fais l'amour l'après-midi, maintenant?
– Depuis longtemps.
– Où allez-vous?
– Rue de Chazelles, derrière le Parc Monceau. C'est plein de maisons de rendez-vous.
– Vous ne m'avez jamais demandé de vous y accompagner.
– Tu serais venue?
– Je ne sais pas.
Il y eut un silence. Gracieuse soupira.
– Il t'a parlé de moi? reprit Maïtena. Qu'est-ce qu'il a dit?
– Il a vidé son sac.
Nouveau silence.
– Alors? dit Maïtena.
– Alors, puisque tu veux savoir, dit Gracieuse, il m'a dit des choses qui m'ont surprise. Tu sais combien nous nous ressemblons. Il nous arrive d'échanger nos affaires et les gens nous prennent pour deux sœurs. Eh bien, tu me croiras ou non, pour lui, pour un homme qui a l'habitude de coucher avec des femmes, nous ne nous ressemblons pas du tout. Il dit que nos corps sont tout à fait différents. Par exemple, il m'a fait remarquer que...
– Je t'en prie, dit Mlle d'Urruty, d'une voix soudain altérée.
– Excuse-moi, je ne voudrais pas te choquer, dit Gracieuse en appuyant la nuque contre la jambe nue de son amie. Il m'a parlé de toi de bas en haut, et tu sais quels mots on emploie au lit. J'ai l'impression qu'il nous a regardées, toi et moi, à la loupe, un peu comme un collectionneur regarde,

sous sa lampe, sa collection de papillons. Voilà, ma chère. S'il ne semble pas faire attention à toi, quelquefois, c'est affectation pure. Il te connaît dans les moindres détails, et par ces détails-là, il te préfère à moi.

Elle tendit la main vers la lampe qui se trouvait posée sur une table basse, la regarda d'un côté, puis de l'autre. Vus à contre-jour, ses doigts effilés paraissaient translucides. Mlle d'Urruty regarda avec étonnement sa propre main, plus large, plus forte. Les ongles de Gracieuse, sans être éxagérement longs, dépassaient nettement l'extrémité du doigt. Ils étaient, à leur sommet, de forme ovale, recouverts d'un vernis rouge sombre. Les siens étaient coupés court. Ils n'atteignaient pas tout à fait le haut du doigt. Ils étaient recouverts d'un vernis incolore qui faisait qu'ils avaient la nuance rose pâle de la chair. Elle ne put s'empêcher de rougir.

– Il a pris l'habitude, depuis quelque temps, poursuivit à voix basse Gracieuse, comme si elle se parlait à elle-même, lorsqu'il pénètre en moi, de dire à mon oreille des phrases qui s'adressent à toi. Il va et vient très lentement en moi et il dit...

– Merci pour la leçon, dit Mlle d'Urruty.

Elle se leva calmement, gagna sa chambre. Dans le quart d'heure qui suivit, elle écrivit à Vernes la lettre suivante.

Paris, le 11 février 1985, 23 heures.

Monsieur,

Gracieuse me dit que vous vous intéressez à moi au point de lui parler de moi quand vous êtes au lit avec elle. Elle est malheureuse, c'est une amie de toujours, j'ai honte qu'elle souffre à cause de moi. J'ai donc décidé à l'instant de ne plus jamais aller en week-end avec vous et elle, et comme il n'a jamais été question que je « sorte » avec vous seul, vous comprendrez que cette lettre est un adieu. Jamais (elle souligna le mot...) je ne reviendrai sur ce que je viens d'écrire ici. Vous m'obligeriez sincèrement en ne m'obligeant pas à vous le redire.

M. d'U.

Le vendredi suivant, après les cours, elle alla travailler à la bibliothèque et, à dix-huit heures, lorsque la bibliothèque ferma, elle alla au cinéma. Elle entra dans la première salle venue, regarda un film insipide. Quand elle sortit, vers vingt heures trente, la nuit était tombée. Elle entra dans une cabine téléphonique, forma le numéro de la rue de Vaugirard. Pas de réponse. Gracieuse et Vernes étaient donc partis en week-end. Elle dîna dans une cafétéria du quartier Latin, puis regagna l'appartement. Gracieuse avait laissé un message, scotché sur le miroir de la salle de bains : « Merci. » Elle lut une partie de la nuit. Sitôt qu'interrompant sa lecture elle éteignait et voulait se contraindre à dormir, son esprit fiévreux lui représentait les scènes auxquelles elle avait participé, si régulièrement, une année durant, et qui, à l'instant même, dans ces chambres connues, continuaient de se dérouler sans elle. Elle rallumait la lumière qui, curieusement, faisait se dissiper ces fantasmes comme le jour disperse les ombres de la nuit, et se remettait rageusement à lire. Il en fut ainsi jusqu'à l'aube où, lassée de lutter, elle finit par s'endormir. Tout le matin, elle dormit comme une souche.

Vers midi, le téléphone sonna. C'était Gracieuse.

– Nous sommes en Normandie. Il fait très beau. J'appelle pour savoir si tu n'as pas envie de nous rejoindre. Ce n'est pas Vernes qui te le demande, c'est moi.

– Je t'ai dit non. Qu'est-ce que vous avez fait?

– Il y a un tas de gens. On s'est amusés comme des fous. Et toi?

– J'ai lu.

Deux ou trois mois auparavant, Vernes lui avait offert, ainsi qu'à Gracieuse, un Polaroïd, grâce auquel ils s'étaient entre-photographiés tandis qu'ils étaient nus, faisant l'amour. Cet appareil était pourvu d'un retardateur qui permettait de se photographier soi-même. L'après-midi de ce même jour, elle se maquilla le visage en blanc et en noir, allongeant ses yeux jusqu'aux tempes, puis elle se dessina, au rouge à lèvres, une véritable bouche de clown, puis elle se fit aussi de grands cercles rouges sur le bout des seins, et elle se photographia ainsi, cuisses écartées, coudes aux genoux, assise sur le siège des w.-c., la tête tendue en avant.

– Curieuse photo, dit le commissaire Surrumendy. Vous remarquerez qu'elle est datée. La jeune femme a dû poser l'appareil sur un tabouret en face d'elle. La déformation du visage est due au fait qu'il se trouve trop près de l'objectif, les dents, que découvre le rictus de la bouche clownesque, paraissent jaunes par contraste avec l'épaisse couche de crème blanchâtre qui recouvre les joues. Quant à la position du corps, n'en parlons pas.

– Je comprends à peu près pourquoi elle a pu prendre la photo, mais je ne comprends pas qu'elle ne l'ait pas détruite.

– Elle a dû prendre la photo en signe d'expiation, pour se punir elle-même, et, à mon sens, elle l'a trouvée si monstrueuse qu'elle ne l'a pas détruite sur le moment, car elle savait qu'elle n'aurait jamais plus le courage d'en faire une semblable. Elle l'a gardée dans le livre, comme marque-pages, et elle l'a oubliée. Qu'est-ce que vous pensez des femmes?

– Et vous?

– Chaque fois qu'il m'arrive d'approcher, ainsi, la vie intime de l'une d'elles, j'ai l'impression que je fais un petit tour en enfer. Et vous?

– Moi de même. Et pourtant, j'aimerais en savoir toujours davantage. Et vous?

II

Vers Saunis

Mlle d'Urruty était arrivée à l'âge de vingt-deux ans à peu près vierge, et sans avoir jamais aimé. La solitude sentimentale, à Paris, quand elle avait commencé à étudier en Sorbonne, ne lui avait jamais pesé, mais elle s'était demandé plusieurs fois, à la lecture des romans qui étaient au programme des « lettres modernes », si elle n'avait pas tort, somme toute, de ne pas se livrer, de temps en temps, aux occupations de la chair. Les romanciers qu'elle étudiait et qu'elle aimait n'avaient-ils pas accordé, à ces occupations, une importance considérable? Cependant, l'obsession charnelle, et le temps qu'ils lui avaient consacré, n'avaient nui en rien à leur œuvre littéraire : on pouvait estimer, au contraire, que celle-ci était née de celle-là. La débauche, pour eux, n'avait pas été du temps perdu, mais du temps gagné.

Ce qui fait que, lorsque Gracieuse d'Etchepare lui avait dit, comme par jeu, ce soir de septembre : « Pourquoi ne viendrais-tu pas passer le week-end avec nous, tu n'as pas envie de t'amuser? » et qu'elle avait immédiatement répliqué : « Mais si, justement, j'en meurs d'envie! », elle n'avait pas simplement répondu, ainsi que Gracieuse l'avait cru, à une invitation osée par un acquiescement folâtre, mais, au fond d'elle-même, par une décision méditée. Quelques jours auparavant, elle avait écrit dans son journal : « Au premier qui me propose quelque chose d'impossible, je dis oui. »

Les commentaires qui accompagnent, les jours suivants, cet aveu sans fard, et qu'il n'est pas utile de reproduire ici, laissent penser qu'elle imaginait que les propositions auxquelles elle faisait allusion lui viendraient, dans ce Paris où tant de gens se mêlent, de gens vivant dans des mondes éloignés du sien : or, elles étaient venues de sa meilleure amie, de celle avec qui elle partageait sa vie.

Lorsqu'elle rompit avec Vernes et qu'elle cessa d'aller en week-end, elle se trouva engourdie. Le froid était là, elle avait envie d'hiberner. Elle cessa de bavarder de tout et de rien avec Gracieuse, s'en tenant aux quelques paroles indispensables. Elle cessa de s'épiler les aisselles. Pour la première fois de sa vie, elle porta des pyjamas molletonnés, elle qui n'avait jamais dormi qu'en courte chemise de nuit, puis nue, une fois arrivée à Paris, à l'exemple de Gracieuse, qui dormait ainsi. Elle se montra d'une pudeur extrême, fuyant la salle de bains sitôt que Gracieuse apparaissait, prenant soin de ranger dans un tiroir divers accessoires de toilette intime qu'elle avait jusque-là laissés traîner. Elle se mit à lire un roman chinois en dix volumes où il était question d'amours impossibles, d'étiquette rigide, de pélicans.

Le printemps vint, chaud, parfumé. Elle se remit

à dormir nue. Elle avait envie de se perdre. Elle passa des heures à sa fenêtre, regardant les hommes, dans la rue. Avec chacun, elle imaginait une aventure, qu'elle résumait en quelques mots, dans son carnet. Trois ou quatre fois, en pleine journée, elle suivit des passants. L'un d'eux, un homme lourd, dans la soixantaine, à la dégaine de viveur, qu'elle avait aperçu sortant de chez Lipp, puis se dirigeant d'un pas paresseux, par la rue Bonaparte, vers la Seine, elle le suivit jusque sur les quais. Il pénétra dans une vaste cour pavée par une porte de taille normale ménagée dans une large porte cochère chargée de ferrures. Elle se glissa derrière lui et se trouva prise au piège, la porte s'étant automatiquement refermée.

Il se retourna, les yeux aigus : « Qu'est-ce que tu fous là, toi? Tu m'as suivi? » Avant même qu'elle ait pu faire un mouvement, il l'avait saisie par le bras : « Tu veux combien? » D'un geste violent elle se dégagea, et ayant, par une sorte de miracle, repéré la loge du concierge qui, par une petite porte vitrée, donnait aussi dans la cour, elle s'y précipita. Elle courut sur les quais, comme une voleuse, le cœur battant. Cette nuit-là, elle ne put réussir à s'endormir, et pour la première fois de sa vie, elle porta amèrement la main sur elle. Elle se mit à draguer dans les cafés, mais les hommes avec qui elle engageait la conversation étaient des sentimentaux ou des bellâtres, en quête d'une aventure personnelle, et ce n'est pas cela qu'elle cherchait. Une fin d'après-midi, en mai, alors qu'elle achevait de boire un Perrier au *Café de Flore*, elle vit entrer Vernes avec deux filles, deux blondes, qui se ressemblaient. Ils allèrent s'asseoir non loin d'elle. Vernes ne l'avait pas vue. Elle posa son regard sur lui et, quelques secondes après, comme il se penchait vers l'une des blondes pour lui dire quelque chose à l'oreille, il l'aperçut. Son visage changea. Il se leva de sa table et alla vers elle.

– Vous me reconnaissez ?

– Pas trop.

Il sourit, s'assit familièrement en face d'elle.

– Pourquoi ne revenez-vous pas en week-end avec nous ?

– Je ne sais pas.

Il voulut lui toucher le bras.

– Ne me touchez pas !

– Avec vous et Gracieuse, j'ai passé les moments les plus heureux de ma vie, dit-il.

– C'est ce que vous imaginez, dit-elle. Donnez-moi votre main.

Il lui tendit sa main, sans méfiance. Elle prit cette main dans la sienne, se pencha et, brusquement, lui mordit le dessus de la main jusqu'au sang.

Elle se souvint qu'en Sologne, dans une maison de rendez-vous où ils s'étaient rendus à trois pendant les vacances de Noël, elle avait échangé quelques mots avec la propriétaire, Madame Neige (elle se faisait du moins appeler ainsi), une jeune femme rousse, au visage maigre, qui avait désiré savoir, si, après dîner, ils avaient envie de participer à une « partie » qui devait se donner dans un salon qui jouxtait le restaurant. Vernes avait dit non, ils comptaient regagner aussitôt leur chambre. « Une autre fois, peut-être? » avait dit la jeune femme avec un sourire complice, et comme Mlle d'Urruty passait devant elle, lui disant simplement « Bonsoir, Madame », elle lui avait touché la joue du doigt, lui disant : « Vous êtes si jolie. »

Un après-midi, elle décida d'aller en Sologne. C'était un jeudi, personne sur les routes. Les forêts, les lacs étaient mélancoliques, l'auberge était fermée. Madame Neige était là, elle s'occupait de sa basse-cour. Elle avait noué sur son blue-jean un grand tablier de jardinier, elle donnait du maïs à ses poules. Mlle d'Urruty gara sa voiture sur le parking désert, contourna les bâtiments, franchit une grille, et se dirigea au jugé vers la basse-cour, traversant une allée de sapins, guidée par le caquètement des volatiles. Madame Neige, sitôt qu'elle l'aperçut, la reconnut. Elle s'excusa de ne pas lui serrer la main, ses propres mains étant salies de maïs, et ajouta :

– J'étais sûre que vous reviendriez.

Elle alla se laver les mains à une pompe qui se trouvait à l'entrée de l'enclos, s'essuya soigneusement à son tablier, et prenant la jeune fille par le bras, l'emmena se promener en lisière de la forêt proche. L'auberge était construite dans une clairière, sur une légère éminence qu'on ne pouvait même pas appeler un coteau, mais qui, dans ce pays plat comme une tombe, permettait de dominer à perte de vue la plaine mélancolique et les étangs où un ciel grisâtre se reflétait.

– Je me plais beaucoup ici, dit Madame Neige. J'ai l'impression de vivre à des milliers de kilomètres du monde civilisé. Quand les hommes arrivent, le soir, je me demande d'où ils sortent. Vous étiez venue, si je me souviens bien, avec des gens...

– ... que j'ai cessé de voir, dit Mlle d'Urruty.

– Ils ne sont jamais revenus, dit Madame Neige, ce qui ne m'a pas étonnée. Je les ai jugés au premier coup d'œil : des mondains, qui n'avaient rien à faire ici. On ne vient pas chez moi pour roucouler sous des édredons, même à trois. Les gens qui fréquentent cet endroit, pour autant que je puisse le définir, sont des gens en quête d'absolu, si vous voyez ce que je veux dire.

– C'est exactement ce que je cherche! dit Mlle d'Urruty, s'arrêtant net, comme si la foudre l'avait frappée. Les amis dont nous venons de parler m'ont révélé un monde que j'ignorais, mais je me suis trouvée liée à eux. La femme était une amie d'enfance. L'homme, je le crains, s'attachait à moi. J'ai fini par ne plus le supporter. J'ai rompu, il y a trois mois, regrettant de ne pas l'avoir fait plus tôt. J'ai pourtant envie de...

– De continuer?... dit Madame Neige.

– Avec des inconnus. C'est pourquoi je suis revenue vous voir.

Un petit groupe d'hommes habillés de tenues camouflées sortit du sous-bois. Ils portaient des fusils.

– Chassez-vous? demanda Madame Neige.

– Mon père chassait, au Pays Basque. Enfant, je l'ai souvent accompagné. Mais chez nous, sauf pour la chasse à la palombe, on ne chasse pas en groupe, comme ici. Chacun va de son côté, avec son chien.

– Si vous désirez chasser de nouveau, ne vous gênez pas. J'ai quelques actions dans une assez belle chasse, près d'ici, vous serez la bienvenue.

– Il m'est arrivé de tirer avec mon père, dit Mlle d'Urruty, je devais à peine avoir dix ou douze ans, il regrettait de n'avoir pas eu de garçon, il m'emmenait avec lui dans la montagne. Il est mort peu après. Je ne crois pas que j'aimerais chasser, maintenant.

Les chasseurs, ôtant leur casquette, saluèrent

Madame Neige. Elle échangea avec eux quelques mots. Un grand chien noir, aux yeux jaunes, bondit hors des fourrés et se mit à danser autour des jeunes femmes, en grondant. Un homme court, trapu, au visage rougeaud, en tenue de garde-chasse, apparut à son tour et le siffla. « Sultan, ici ! »

– Il a le diable, Chènevier. Il essaie de nous sauter, dit Madame Neige.

– Il aimerait bien être un homme, dit le garde.

Il intima l'ordre au grand chien de se coucher à ses pieds, ce que fit l'animal en continuant de gronder.

– Bonsoir, mesdames, dit le garde.

– Plutôt vous que lui, dit Madame Neige.

– Il a de l'odorat, le bougre, dit le garde. Tenez, madame Neige. Je vais vous donner une faisane. Je l'ai repérée ce matin, en allant à la poste, quand je suis passé près de l'étang, et je me suis dit : « Toi, ma petite, je t'attraperai sans courir ce soir. » A dix mètres près, tout à l'heure, je l'ai retrouvée au même endroit. Probable qu'elle aura pondu dans les parages. Couché, Sultan !

Le chien, qui faisait mine de se remettre sur pattes, se coucha de nouveau, sans cesser de gronder, le museau aplati à racler la poussière.

Le garde ramena son carnier sur son ventre et en sortit une poule faisane, au plumage ocellé, dont le col brillait comme un arc-en-ciel.

– Tenez, madame Neige. Elle doit bien faire trois kilos.

Madame Neige prit la faisane par les pattes, et

la tint en l'air, à hauteur de bras. Un filet de sang coula du bec, puis quelques gouttes, puis plus rien.

– Merci, Chènevier. Venez boire un café quand vous passerez près de la maison. Vous aussi, messieurs.

– Ce ne sera pas de refus, répondit le garde.

Il porta la main à sa casquette. Ils s'éloignèrent.

– Ce chien m'a fait peur, dit la jeune fille.

– Il humait la femme, dit Madame Neige. Nous nous trouvons devant plusieurs possibilités, poursuivit-elle en reprenant la promenade et en accordant son pas au pas de Mlle d'Urruty. Le plus simple serait que vous veniez ici les samedis, car tous les samedis soir, je reçois des hommes. Certains viennent avec une femme, mais, des femmes, il n'y en a jamais assez.

– Tiens, c'est étrange, j'aurais cru le contraire.

– Détrompez-vous.

– Parfait, dit Mlle d'Urruty. Pour commencer, j'aimerais venir seulement une fois sur deux.

– Vous me laisserez votre téléphone, s'il se passe quelque chose d'intéressant en cours de semaine, je vous ferai signe.

– J'aime autant me dire que j'ai à venir un samedi sur deux, et rien d'autre. Il me semble que j'aurai l'esprit plus tranquille.

– Eh bien, à votre aise. Ce sont des choses qu'il faut faire comme on les sent. Je puis donc vous attendre après-demain?

– J'arriverai assez tôt, je pourrai me promener.

Madame Neige s'arrêta et fit face à la jeune fille. Elle lui toucha alors la joue du bout des doigts, comme elle l'avait fait la première fois, et dit :

– Vous êtes si jolie, sincèrement.

– La beauté compte?

– Pas du tout.

Elle revinrent vers la maison.

Le soir tombait. Les étangs s'étaient colorés de rouge. Au-dessus des bois, une brume grisâtre montait. Un vol de canards s'abattit sur une mare proche, dans un violent bruissement d'ailes.

– Je ne sais pas comment on peut vivre dans les villes, dit Madame Neige comme si elle se parlait à elle-même. La nature est pure et sauvage. Les hommes qui viennent ici, le samedi soir, veulent retrouver...

Elle n'acheva pas sa phrase. Mlle d'Urruty n'écoutait plus. Elle marchait à grands pas souples, s'efforçant de mettre ses pieds dans les ornières encore humides, où étaient des restes de feuilles mortes.

12

À Saunis

Elle arrivait en début d'après-midi. Madame Neige lui avait donné une petite chambre, au-dessus de la sienne, dans la partie privée de l'auberge. Elle y laissa des jeans, un vieux blouson, des bottes de caoutchouc. Elle s'habillait en campagnarde et allait se promener dans les bois. Elle se fit, d'une fine branche de hêtre qu'elle ramassa dans une clairière, une canne à laquelle elle s'attacha comme si c'était une canne d'or. Elle traversait la forêt et allait s'asseoir au bord d'un étang. Elle cherchait à reconnaître la trace des animaux dans les sentiers, à surprendre les canards qui s'étaient abattus dans les roseaux. Ils fuyaient parfois à son approche, le cou tendu, l'aile sifflante, s'élevant lourdement à peu de distance de la surface des eaux. En fin d'après-midi, elle rentrait. Elle prenait un bain, elle passait deux ou trois heures à se coiffer, se maquiller, se parfumer. Vers vingt heures, elle descendait dans une petite salle à manger, attenante à la chambre de Madame Neige où, sur une nappe de dentelle, deux couverts étaient dressés. Tantôt elle dînait seule, tantôt elle dînait avec

Madame Neige. Elle faisait un repas léger, arrosé d'une demi-bouteille de champagne. Elle revenait dans sa salle de bains, se lavait les dents, se faisait un dernier raccord de rouge à lèvres, elle descendait de nouveau, elle se dirigeait vers le salon où les hommes, sortant du restaurant, commençaient à arriver. Vers quatre ou cinq heures du matin, elle revenait dans sa chambre, se laissait tomber sur son lit, dormait comme une souche.

A l'auberge, nul ne connaissait son vrai nom. Madame Neige lui avait demandé comment elle voulait se faire appeler, elle avait dit le premier prénom qui lui était passé par la tête : Jeanne, elle était devenue Jeanne pour ces hommes. « Jeanne, à cette table. » Elle s'allongeait sur l'étroite table, ni haute ni basse, recouverte d'une feuille de plastique, elle laissait aller sa tête en arrière, elle s'accrochait des deux mains aux montants de la table, elle écartait et levait droit les jambes, cependant que les hommes, se pressant l'un derrière l'autre, ne s'étant pas dévêtus, ayant seulement sorti leur verge de leur braguette, à tour de rôle, l'enfilaient. L'un lui pénétrait le sexe, d'autres se penchaient sur elle, lui prenaient les seins, la caressaient, l'embrassaient, la mordaient, la léchaient, la suçaient, frottaient leur verge à son visage, à ses aisselles, à ses mains, à ses bras, à ses pieds, à ses cheveux, lui enfonçaient la queue dans la bouche. Elle était prise trente, quarante fois dans la nuit. Elle n'aurait jamais cru pouvoir vivre cela (dans ses rêveries les plus dévergondées, elle n'avait jamais imaginé que de telles choses pussent exister), et cela s'était fait très simplement, dès le premier samedi. Au moment d'entrer dans le salon, Madame Neige lui avait dit : « N'ayez pas peur, dites-vous bien que vous n'avez aucune obligation envers quiconque. » Elles s'étaient approchées d'un petit bar, disposé dans un angle de la pièce. Des hommes l'avaient aussitôt entourée la frôlant, lui disant des compliments, des banalités. Une main avait caressé son dos. La lumière était sombre. Elle ne savait pas ce qu'était devenue Madame Neige. Soudain celle-ci s'était retrouvée à côté d'elle, elle lui avait du doigt touché la joue. « Venez voir, et si cela vous plaît, faites ce que je fais. » Les hommes s'étaient écartés. Madame Neige s'était assise sur le bord de l'une de ces petites tables recouvertes de plastique, ni hautes ni basses, que Mlle d'Urruty avait remarquées en rentrant, se demandant à quoi elles pouvaient bien servir, elle avait relevé sa jupe jusqu'à la taille, et s'était vivement allongée sur le dos, renversant la tête en arrière. Aussitôt les hommes s'était agglomérés autour d'elle. Mlle d'Urruty avait vu ces dos sombres, voûtés, elle avait entendu un puissant râle, et brusquement, sans trop d'abord comprendre ce qui était en train de se passer, elle avait vu surgir au-dessus de la carapace sombre que formait cette masse d'hommes agglomérés, comme deux fins jets d'eau incompréhensibles, les deux jambes, si minces, de Madame Neige. Un remous s'était produit, elle s'était trouvée au premier rang, ses yeux s'étaient dessillés. Elle avait éprouvé un sentiment d'horreur, mais aussi d'une curiosité si forte, que, malgré les violentes convulsions du groupe (chaque fois qu'un homme cédait sa place à un autre, entre les jambes verticalement dressées de Madame Neige), elle avait réussi à se maintenir si proche de la table qu'elle avait tout vu, tout regardé. Puis, peu à peu, tandis que cette scène, qui paraissait être une scène de cauchemar, se poursuivait (dans un entier silence que troublaient seulement les gémissements de certains hommes, et le râle rythmé qui s'échappait maintenant sans discontinuer des lèvres entrouvertes de Madame Neige), elle s'était laissé repousser hors du groupe. Son intention était de revenir au bar. Mais à peine avait-elle fait un pas qu'une main s'était posée sur son épaule, et qu'une voix d'homme lui avait dit, doucement : « Vous ne voulez pas venir par là? ... » Elle avait vu, tout près d'elle, une seconde table. Elle avait fait trois pas, elle s'était allongée, elle avait renversé la tête en arrière, elle avait fermé les yeux.

Elle dormit jusqu'à quatre heures de l'après-midi. Madame Neige entra, et lui posa la main sur le front. Elle se réveilla. Madame Neige lui apporta le thé. Un peu plus tard, elles allèrent se promener dans la forêt. Elle avait l'esprit calme. Elle respirait profondément, comme quelqu'un qui sort d'une longue maladie.

– Cela s'est bien passé, finalement, dit soudain Madame Neige.

– Je vous avoue que, sur le moment, j'ai eu terriblement peur. J'ai paniqué. J'ai cru que j'allais mourir.

– C'est le but de l'opération.

– Je parle des dix premières minutes. Après, j'ai cessé de me raidir, je me suis abandonnée.

Madame Neige se rapprocha et la prit par le bras. Elles marchaient côte à côte dans le sentier étroit. Le reste fut dit à voix très basse.

– Il faut garder un secret de tombeau sur ce qui se passe chez moi. Si les femmes savaient ce que nous ressentons, elles se précipiteraient ici.

– Ensuite... je ne me souviens plus, dit Mlle

d'Urruty d'une voix à peine perceptible. Tout s'est passé très vite. J'ai été surprise lorsque j'ai vu la nuit pâlir derrière les rideaux, et lorsque je me suis brusquement rendu compte que la plupart des hommes étaient partis.

– C'est moi qui vous ai reconduite dans votre chambre, mais je crois que vous ne vous en souvenez pas.

– Je me souviens de l'escalier... Je l'ai monté comme une somnambule... Je me suis demandé, juste avant de me laisser tomber sur le lit, si, en me réveillant, je ne m'apercevrais pas que mes cheveux seraient devenus tout blancs.

– Mais non, quelle idée, ils sont plus beaux que jamais, dit Madame Neige.

Du bout des doigts, elle effleura ses cheveux.

Il y eut un instant de silence, puis Madame Neige dit, d'un ton naturel :

– Mais pourquoi ne resteriez-vous pas ici cette nuit? Rentrer à Paris un dimanche soir, c'est de la folie. A minuit, vous serez encore sur la route.

– Sincèrement, je ne sais que répondre, dit Mlle d'Urruty. J'ai envie de partir, j'ai envie de rester.

– Partez si vous avez envie de rester, restez si vous avez envie de partir, dit Madame Neige.

– Je pars.

– Vous restez donc.

Elles poursuivirent leur promenade, et ne rentrèrent qu'à la tombée de la nuit. Au moment où elles passaient le seuil de la maison, Madame Neige posa la main sur la nuque de la jeune fille et lui souleva les cheveux.

– Ces cheveux seraient devenus tout blancs! J'en ai rarement vu d'aussi beaux. On dirait de la soie. Venez dans ma chambre, je vais vous coiffer.

Elle se laissa conduire dans la chambre. Madame Neige la fit asseoir sur le coin du lit, alla dans la salle de bains, revint avec une brosse, lui brossa les cheveux. Elle se sentit prise de torpeur. Sans dire un mot, Madame Neige lui brossa les cheveux longtemps. Soudain, elle se laissa aller en arrière.

– Je m'endors.

– Il faut manger, dit Madame Neige. Je vais chercher le plateau.

Mlle d'Urruty fit oui de la tête, mais elle ôta machinalement sa robe, et se glissa dans les draps.

Quand Madame Neige revint, elle dormait profondément. Madame Neige se dévêtit à son tour, se mit au lit à côté d'elle, et s'endormit bientôt, lui tenant la main.

Mlle d'Urruty rêva qu'elle voyageait, seule, en chemin de fer. Or, comme elle cherchait à regarder au-dehors, elle s'aperçut que l'épaisse vitre du compartiment où elle se trouvait était fêlée. Elle eût voulu quitter sa place, mais elle s'y trouvait maintenue par une force inexplicable, elle voyait la fêlure de la vitre s'agrandir sous l'effet de la vitesse, et elle fut saisie d'angoisse à l'idée que la vitre, qui cédait maintenant, qui allait voler en éclats, ne lui déchirât la figure. Cependant, elle ne pouvait pas faire un seul geste, elle ne pouvait même pas lever les mains à hauteur de son visage pour se protéger, elle ne pouvait que répéter : « Pourvu que le train s'arrête. » Elle se réveilla et se rappela où elle était. Le lit lui parut délicieusement doux. Elle fit un demi-tour sur elle-même, avec volupté, et glissa ses deux bras autour de la taille de Madame Neige, qu'elle attira contre elle, et qui ne sembla pas se réveiller. Elle sentit qu'elle allait se rendormir. Elle rêva alors qu'elle se trouvait devant un paysage inconnu, d'une grande beauté. Un petit garçon, d'une douzaine d'années, sortit du sol, la regarda et lui sourit. On aurait dit un ange. Il était entièrement vêtu de blanc. Elle eut envie de lui parler, et elle commençait à se diriger vers lui, lorsqu'elle s'aperçut que le paysage et l'enfant ne faisaient qu'un.

Désormais, le dimanche soir, elle dormit dans la chambre de Madame Neige. Elle regagnait Paris le lundi matin. Le plus souvent, Madame Neige et elle dormaient sagement, côte à côte, ne se touchant que par le côté du petit doigt. Mais parfois, Madame Neige l'enfourchait, lui enfonçait la langue dans la bouche, la main dans le sexe, la secouait comme une créature d'enfer. Un petit village, Saunis, sur la Nationale 20, à une dizaine de kilomètres de l'auberge, à l'endroit même où l'on quittait la grand-route pour prendre le chemin de terre qui, longeant les étangs, y conduisait, devint, dans son esprit, une sorte de frontière. A l'aller, vers onze heures, le samedi, elle stoppait sur la place de l'Église. Il y avait un café, le *Café du Centre*. Elle entrait, elle se tenait debout devant le comptoir, commandait un café, un liquide brûlant, plus marron que noir, que le patron, un Berrichon taciturne et couperosé, tirait d'un antique percolateur à l'enseigne du « Vesuvio » (le robuste cylindre nickelé qui formait le corps de l'appareil était orné d'une plaque émaillée, plus ou moins écaillée, où le fameux volcan, bleu foncé sur fond bleu ciel, crachait du feu), et lui servait dans un bol d'épaisse faïence. Elle prenait ce bol à pleines mains, le serrait vivement dans ses doigts, ne manquant pas de se persuader que cette chaleur saine éloignerait d'elle microbes doucereux et virus citadins qu'elle pourrait être exposée à rencontrer en cours de soirée, et elle allait s'asseoir à la table du fond, toujours la même, à mi-distance de l'unique fenêtre qui, outre l'étroite porte vitrée, éclairait le *Café du Centre*, et de la majestueuse cheminée où, d'un bout de l'année à l'autre, été comme hiver, un feu de bûches pétillait. Elle écartait le rideau de cretonne, souillé de chiures de mouches, elle regardait la petite place, où rarement passait un être humain : le monument aux morts, obélisque d'un mètre cinquante de haut, entouré d'une grille basse aux coins de laquelle étaient quatre obus peints en noir; la bâtisse de briques, naguère à usage d'école, aujourd'hui désaffectée, portant encore, au-dessus des fenêtres aux carreaux cassés, une longue inscription

ÉCOLE PUBLIQUE DE GARÇONS ET DE FILLES

la petite église romane, d'une simplicité et d'une pureté de lignes exquises, où l'on ne pouvait entrer, la porte étant toujours fermée à clé, à cause des vols. Un chien famélique traversait. Un matou mité se chauffait au soleil. Une poule rousse, plumes ébouriffées, grattait le gravier de ses pattes raides, et donnait de vifs coups de bec dans le sol. Elle se sentait proche de ces pauvres animaux, accordée à ce village en ruine, à sa place dans ce misérable café. « Un autre coup de jus? » Le patron lui montrait du doigt le percolateur. Elle avalait à longues gorgées l'eau brunie, revenait au comptoir, se faisait remplir un nouveau bol. Elle regagnait son coin de table, elle passait là une heure ou deux, elle avait l'impression que, peu à peu, sa propre personne la quittait, s'en allait par plaques, par peaux, un oignon qu'on pèle. Vers deux heures de l'après-midi, elle regardait sa montre, elle se sentait nue et dépouillée. « Il faut que j'y aille », disait-elle à mi-voix, pour elle-même, mais d'un ton commun, vaguement vulgaire, qui lui confirmait, rien qu'à l'oreille, qu'elle était prête à faire les choses qu'on exigerait d'elle, à entrer dans le monde qui l'attendait.

Le cafetier vendait des cartes postales. Elle achetait, quelquefois, au retour, une carte de l'église, et elle se l'envoyait à elle-même, poste restante, pour ne pas éveiller la curiosité de Gracieuse (rue de Vaugirard, elles avaient une boîte aux lettres commune, la première qui rentrait prenait le courrier). Plusieurs de ces cartes ont été retrouvées dans ses affaires. Elles figurent au dossier.

« Lundi matin, 15 avril, 8 h 45. Retour. A peine suis-je assise devant mon café, trois chasseurs. Ils arrivent des étangs où ils ont passé la nuit. Ils commandent des grogs. L'un d'eux me salue, me regarde longuement. Peut-être s'est-il trouvé à l'auberge un samedi soir... Week-end sans histoire. Couchée à trois heures. Levée à quinze heures. Longue promenade avec N. Rentrées à la nuit. Dîner rapide. Endormie aussitôt. Rêvé que j'arrive ici, à Saunis, venant de Paris, un matin, plus tôt que d'habitude, vers neuf heures. J'ouvre la porte du café. Un homme se trouve derrière le comptoir, me tournant le dos, je l'appelle : « Monsieur ! » Il se retourne, il est encore de dos. C'est un homme qui n'a pas de face, il est fait de deux dos accolés. Je suis prise de frayeur, je veux sortir, la porte résiste. L'homme sans face sort de derrière le comptoir et se dirige vers moi. Je me réveille. »

L'écriture est petite, soigneusement tracée, presque enfantine. Elle occupe, sans qu'ait été laissée la moindre marge, tout le verso de la carte postale, partie réservée à la correspondance et partie réservée à l'adresse. Les majuscules sont à peine marquées. La carte est écrite au Bic bleu. Elle a été mise dans une enveloppe brun-jaune, d'un modèle ordinaire, dit « commercial », achetée sans doute dans le même café. Elle a été postée, comme toutes les autres, à Orléans, par crainte, vraisemblablement, des indiscrétions qui auraient pu être commises si elle avait été envoyée de Saunis, ou d'une bourgade avoisinante.

Madame Neige tuait une poule bressane. Elle lui tenait la tête de la main gauche, tirant sur le cou du volatile, dont elle avait coincé le corps entre ses genoux, et elle tenait dans sa main droite un couteau court, à la lame étroite et pointue : d'un seul coup, elle trancha la carotide. Le sang jaillit en jets, par saccades. Mlle d'Urruty recula, le cœur soulevé.

– Si on en faisait autant à nos hommes? demanda Madame Neige.

Pivotant sur sa chaise, elle tint la volaille au-dessus d'une bassine de cuivre remplie d'eau bouillante, l'y plongea à deux ou trois reprises et, l'ayant posée sur ses genoux que protégeait un tablier de vinyle rouge, commença à la plumer.

– Je ne sais pas si je pourrai manger de cette poularde, dit Mlle d'Urruty, je n'aurais pas dû vous regarder la préparer.

– Il ne manquerait plus que ça! s'écria Madame Neige en riant. Un plat de roi! Vous voulez que nous cessions d'être amies?

– Je ne croyais pas que ça saignait tant!

– Quand on saigne quelqu'un, bête ou homme, faut bien que ça donne du raisiné, dit Madame Neige.

Elle raconta qu'un jour, alors qu'elle égorgeait une grosse poule bressane, qui, pissant le sang par la boutonnière qu'elle venait de lui faire dans le cou, n'arrêtait pourtant pas de piailler et de se débattre, se refusant obstinément à mourir, elle, Madame Neige, prise d'un coup de colère, car ses invités devaient arriver à heure dite et cette interminable agonie la retardait, avait, de ce petit couteau qui coupait comme un rasoir, tranché le cou même du volatile récalcitrant juste sous la tête, mais qu'alors, la poularde encore vive, sinon qu'elle avait la tête tranchée, s'était, d'un violent soubresaut, arrachée à ses genoux, et qu'elle avait couru, elle, la poularde, sans tête, et battant horriblement des ailes, jusqu'à l'autre bout de la courette où elle s'était, pour finir, jetée contre le grillage qui séparait cette petite cour du poulailler.

– Quelle horreur! Heureusement que je n'ai pas vu ça!... s'exclama Mlle d'Urruty.

– Tout peut arriver dans la nature, l'impossible! dit Madame Neige.

Elle enchaîna en racontant des histoires de chienne qui avait allaité des marcassins, de chat qui s'était laissé bouffer la queue par des souris, d'un lapin mâle qui s'était trouvé gros d'une portée de lapereaux. Tout en bavardant, elle continuait de tremper par à-coups dans l'eau bouillante, maintenant remplie de poussière, de plumes et de petits débris de toutes sortes le corps du volatile qui apparaissait presque entièrement blanc, fumant, et ne portant plus, ici et là, que de rares touffes de plumes que Madame Neige, pressée d'en finir, arrachait maintenant par poignées. La dernière poignée de plumes arrachée, elle souleva la lourde volaille, la tint à hauteur d'œil, la considéra avec satisfaction, et dit à Mlle d'Urruty :

– A présent, je vais la vider dans la cuisine. Vous voulez apprendre?

– Oui.

Elle s'assit sagement dans un coin de la longue salle voûtée où une antique cuisinière brillait de tous ses cuivres. Un marmiton en tablier blanc, la toque demi-haute posée de traviole sur son front bas, buté, bouclé pareil au frontal d'un jeune taureau, qui était en train de peler des patates au centre de la longue table à découper, de bois sombre, un peu plus haute que ne le sont les tables habituelles, s'écarta, poussant vers le bout de la table la bassine d'étain où il jetait les patates épluchées, non sans avoir mugi sourdement un mot d'excuse. Madame Neige lui ayant dit : « Ça marche, Gabriel? », parole à quoi, baissant la tête pour cacher, peut-être, sa rougeur, il répondit par un second mugissement, elle posa devant elle, sur le milieu de la table, la volaille ventre en l'air, et d'un bref coup de couteau, aussi net qu'un coup de bistouri, lui ouvrit le ventre. Les viscères sortirent en grappe épaisse, diversement colorée, cependant qu'une odeur pestilentielle se répandait brusquement dans la cuisine. Mlle d'Urruty, se bouchant le nez, recula sur le dossier de sa chaise.

– Quand je pense qu'on a tout ça dans le ventre, dit-elle.

– Oui, en vingt fois plus gros, dit Madame Neige. Heureusement que notre peau n'est pas transparente. Je me demande souvent ce qui se passerait si notre épiderme était en verre souple, et si l'on voyait au travers. Je crois que je n'aurais plus qu'à fermer boutique. Gabriel!

Le marmiton approcha et, de sa main nue, fit glisser dans un seau les intestins et une partie des viscères, le reste, dont le foie, que Madame Neige avait séparé de la masse en quelques précis coups de couteau, devant faire le meilleur du repas, pour les gastronomes, nombreux chez les hommes qui aiment les femmes.

13

Le diable

Un jour qu'elle se promenait seule dans la forêt, elle entendit derrière elle un bruit de branches brisées. Son cœur bondit dans sa poitrine, elle se retourna, elle avait peur. Elle s'attendait à voir sortir du sous-bois l'un des chasseurs, mais ce fut le grand chien noir qui bondit brusquement hors des taillis. Grondant sourdement, il se précipita sur elle. Elle crut qu'il cherchait à la mordre, mais le premier moment de frayeur passé, et tout en se débattant contre l'animal qui, dressé sur ses pattes, était presque aussi haut qu'elle, elle se rendit compte qu'il voulait simplement jouer... mais ce jeu était une sorte d'assaut sexuel. Inquiète et haletante, elle réussit à faire reculer l'animal, mais le chien aux yeux fous fouillait maintenant de son museau entre ses jambes. « Là... là... Sultan... Couché! » dit-elle avec force, tremblante, cherchant désespérément à le repousser, et craignant que, s'il devenait furieux, il ne lui sautât à la gorge.

Dans le premier moment, elle avait espéré voir apparaître le garde-chasse afin qu'il rappelle le chien, mais maintenant une pensée folle venait de lui traverser l'esprit, elle espérait que le garde-chasse ne surviendrait pas. Tout en continuant de se battre contre l'animal, dont l'assaut ne faiblissait pas, elle s'enfonça plus profondément dans les fourrés. Par chance, elle portait une large jupe de jean qui ne craignait rien des épines ni des ronces. Ils parvinrent ainsi, sans se lâcher, dans un endroit très sombre, où l'enchevêtrement des taillis formait, sous les puissantes basses branches de deux sapins jumeaux une sorte de tonnelle. Le sol couvert de mousse et jonché d'aiguilles de sapin putréfiées était aussi doux qu'un tapis. Elle s'y laissa glisser, relevant sa jupe. Le chien l'enfourcha, égaré. Le maintenant violemment par le poitrail de son bras gauche, elle toucha de la main droite le membre frémissant, l'empoigna, et fermant les yeux de toutes ses forces, le guida, écartant son linge, jusqu'au seuil d'elle-même. Le chien donna un tel coup de reins que le dard s'enfonça dans le passage détrempé.

Il y eut des coups de sifflet. Brusquement, elle s'arracha à l'animal. Il s'immobilisa, puis disparut dans les fourrés. Elle resta étendue comme elle était, écartant les cuisses à s'en faire mal. Elle avait toujours les yeux fermés. Un peu de salive sortit de sa bouche, et elle dit entre ses dents : « Je deviens folle. » Tendant la main au jugé, elle essaya de ramasser auprès d'elle un morceau de branche, un pieu qu'elle pût s'enfoncer dans le ventre. Elle ne trouva rien. Pivotant sur le côté, elle se retrouva à quatre pattes et elle fouilla du museau le sol. Elle aspira l'odeur des aiguilles de sapin putréfiées, puis l'odeur de la mousse, puis l'odeur humide de la terre. Elle resta là, un certain temps, à quatre pattes, sans bouger. Elle entendit marcher et parler non loin d'elle. Le chien grondait. Si elle faisait un mouvement, cassait un grand branchage, l'un des chasseurs tirerait peut-être un coup de feu sur elle, croyant avoir débusqué du gros gibier. Elle s'immobilisa de façon absolue, ne faisant plus qu'un avec la terre, la forêt. Les chasseurs s'éloignèrent. Elle se remit enfin sur ses jambes. Elle fut prise d'un grand tremblement. La nuit tombait. Elle sortit prudemment des taillis. Elle retrouva le sentier. Dans la pénombre, sur sa droite, elle vit miroiter une mare. Elle se passa de l'eau sur le visage, se lava les jambes, le ventre. Elle reprit le chemin de l'auberge. Madame Neige était dans l'entrée, l'aperçut, poussa un cri :

– D'où sortez-vous, comme ça?

– Je me promenais, j'ai glissé, je suis tombée dans la mare.

– Allez vous doucher. Vous m'avez fait peur. J'ai cru que c'était le diable.

14

Retour

D'autres anecdotes, du même ordre, figurent au dossier. A quoi bon les relater en détail? Ainsi que la vertu, le vice est monotone. Mlle d'Urruty se lassa de se donner sans sentiments, comme elle s'était lassée des sentiments. Elle se mit à mépriser un peu tous les hommes. Les uns lui semblaient être des jouisseurs, qu'attirait seulement le corps de la femme, les autres des romantiques, qui ne voulaient se réchauffer qu'à leur cœur. Madame Neige perçut ce changement.

– Je regardais votre visage, ma chère, hier soir, pendant que vous étiez allongée sur la table, vous aviez l'air d'une martyre, lui dit-elle, un dimanche matin, alors qu'elles faisaient le tour de l'étang.

– C'est vrai... dit Mlle d'Urruty, je me sentais mal à l'aise. J'avais oublié que j'étais là.

– Vous devriez peut-être cesser de venir, quelques semaines, du moins. Je n'aime pas les histoires. Vous pourriez avoir un réflexe de révolte et commettre un acte qui pourrait faire du tort à la maison.

– Quoi donc, par exemple? demanda Mlle d'Urruty, surprise.

– Je ne sais pas, moi... dit Madame Neige. Cacher le petit couteau qui sert à tuer les volailles dans votre manche, par exemple, et frapper à la nuque l'un des hommes que vous tiendriez serré contre vous.

– On est bras et jambes ballants, étendues sur les tables! dit Mlle d'Urruty. Tuer un homme au moment où il aime? Je n'ai jamais lu qu'une femme l'ait fait et ce n'est pas moi qui commencerai.

– Il ne faut jurer de rien, ma petite, dit Madame Neige. Vous pourriez, éprouver malgré vous, un mouvement de haine... de répulsion... de je ne sais trop quoi... et à voir, ces temps-ci, dans la pénombre, l'expression de votre visage, j'ai pensé, je l'avoue, que pareille chose pourrait arriver. Je vous parle franchement, ne m'en veuillez pas. Dans mon métier, on doit faire preuve de prudence.

– Il y a combien de temps que je viens ici? demanda Mlle d'Urruty.

– Un peu plus d'un an.

– Un an déjà!...

– Vous avez peut-être connu mille hommes...

– Plus qu'il n'y a de livres dans une bonne bibliothèque...

– Drôle de comparaison!

Une année s'était écoulée, en effet. Le printemps revenait. Le ciel, au crépuscule, était rose. Une nuit, on entendit chanter le rossignol. En une semaine, les branches des arbres, raides et noircies, s'étaient recouvertes d'un duvet vert pâle.

– Eh bien, dit Mlle d'Urruty après un instant de réflexion, je pourrais peut-être essayer de m'éloigner...

– Faites-le, ma chère, dit Madame Neige. Cessez de venir pendant quelque temps. Et ne manquez pas de revenir sitôt que vous vous en sentirez capable. La débauche, c'est un peu comme l'amour de Dieu. Ou on s'abandonne tout entière, ou on ne s'abandonne pas du tout.

Pour la dernière fois, elle s'arrêta à Saunis, pénétra dans le petit café. Le patron était seul. Il rinçait les verres. Elle commanda un grand crème, s'assit à sa table habituelle, et s'adressa à elle-même, sous enveloppe, une carte postale (versée au dossier), où elle écrivit : « Lundi 4 mars. Du petit café de Saunis, où je ne reviendrai sans doute jamais. Je rentre à Urrugne, une fois pour toutes. Pendant que j'écris ceci, quatre chasseurs entrent, dont le garde, crottés et bruyants. Le garde est accompagné de son grand chien noir qui se dirige aussitôt vers moi, museau bas, grondant. Les hommes s'accoudent au zinc et commandent des " mazagrans ", grands bols de café dans lesquels le patron verse un verre de rhum. Ils ont les traits hirsutes de gens qui viennent de passer une nuit à l'affût sur le bord des étangs, et comme ils sont restés longtemps silencieux, allongés sur leurs barques à fond plat dans les ajoncs, guettant le canard ou la sarcelle, ils parlent fort. L'un d'eux raconte que, naguère, habitant le Nord, il a chassé de cette manière l'oie sauvage, sur la côte picarde, allongé non dans une barque, car cette côte est dépourvue des plantes aquatiques qui pourraient la dissimuler, mais dans une étroite boîte rectangulaire, longue comme un homme, qu'on appelle, là-bas, “ le cercueil ”. Le mot me fait dresser l'oreille. Cet endroit aussi fut mon cercueil. »

Le chien se mit à renifler ses jambes. Le garde dit en rigolant : « Sultan, ici », mais le chien ne reconnut pas le ton de l'ordre, et continua à la humer. Elle prit sur la soucoupe un morceau de sucre, défit le papier, l'offrit, tenu entre le pouce et l'index, à la bête qui tendait maintenant le museau vers sa main, bavant, les yeux jaunes : « Un sucre? »

Trois jours après, ayant liquidé sa location et fait ses malles, elle avait repris le train pour le Pays Basque. Elle revint s'installer au château d'Urrugne. Elle n'avait plus parents, ni même cousins, mais une vieille Basquaise, qui avait aidé une de ses tantes, aujourd'hui disparue, à l'élever, ne demanda pas mieux que s'occuper de nouveau d'elle. On avait toujours, dans le village, appelé cette vieille « Gaïchoua », ce qui veut dire en basque « gentil petit enfant » car c'est le mot que la vieille avait tout le temps à la bouche lorsqu'elle parlait à des enfants, et même à des garçons ou des filles montés en graine. Mlle d'Urruty reprit sa chambre de jeune fille, et la servante, dans le même couloir, la chambre qu'elle avait occupée dix ans auparavant. « J'ai l'impression que vous n'êtes jamais sortie d'ici, mademoiselle, lui dit-elle, le premier soir, en lui servant une soupe de fèves. Pauvre ange, je suis sûre que vous vous êtes ennuyée à Paris. Il paraît que c'est encore plus grand que Bayonne. » La salle à manger était si vaste qu'on aurait pu y célébrer des banquets.

Certains jours de fête, naguère, la pluie ayant chassé les convives de la pelouse, on y avait déjeuné à plus de cent. Deux troncs d'arbre flambaient dans la cheminée. Au-dessus de la braise qu'elle avait répandue entre les chenets, la servante faisait griller de minces tranches de lard, la chingarra.

– On mange de la chingarra aussi bonne, à Paris?

– Je t'assure que non.

– Êtes-vous maintenant revenue pour toujours?

– Peut-être.

– Et vous marier, quand? dit la servante. Les belles demoiselles ne doivent pas dormir seules. C'est bon pour celles qui ont toujours été tortes comme moi, de rester filles.

– Encore de la chingarra, Gaïchoua.

– Avec des œufs frits?

– Pas plus de quatre.

En dix jours, elle prit quatre kilos. Puis, elle recommença à se regarder dans les glaces, et elle redevint comme elle avait toujours été. Elle écrivit à la Sorbonne afin d'être dispensée de cours, prétextant un deuil familial. On lui demanda une attestation officielle. Elle alla voir le curé, qui la lui donna volontiers. Les Basques vivent entre eux, ils ont leur morale. Elle recommença à aller, chaque mercredi soir, à la chorale, qui se réunissait dans la grande salle de l'école basque, l'ikastola. Le matin, elle travaillait dans la bibliothèque du château. A midi, elle prenait son Solex, et elle allait se promener dans les collines, du côté d'Ascain et de Sare.

Dès qu'il faisait beau, elle poussait jusqu'à Hendaye, à dix kilomètres, où est une immense plage de sable fin. Beaucoup s'y baignent toute l'année. Les vagues déferlaient, blanches comme neige. Elle s'y faisait fouetter, la peau brûlante.

Elle écrivit à Gracieuse. « Pardonne-moi d'avoir quitté Paris sur un coup de tête. J'espère que tu trouveras une autre fille avec qui partager l'appartement. » Gracieuse répondit : « Vernes va passer une année au quartier général de la banque, à New York. Sa femme reste à Paris. Il m'emmène. » Trois semaines après, elle écrivit de New York. Ils habitaient un grand appartement, dans le quartier chic, sur la lisière sud de Central Park. De sa fenêtre, à travers les arbres, elle apercevait le Metropolitan Opera, un palais tout blanc, d'allure italienne. « Comment t'expliquer? Lorsque je regarde ce palais léger, ces minces arcades, je pense à toi. Le temps change très vite, ici. Le matin, il neige. A midi, ciel bleu. On ne cesse d'être fouetté par le vent. Nous passons les week-ends en Floride. » Maïtena étudiait la carte du Pays Basque. Elle avait envie de suivre chacun des sentiers qui joignaient l'une à l'autre les fermes, blanches à toit rouge, disséminées dans les collines. Un jour, elle prit un chemin de crête, se perdit, se retrouva près de Bayonne. S'étant enfoncée dans la vieille ville, elle s'arrêta devant la boutique d'un libraire.

15

L'anniversaire

Maïtena d'Urruty avait aimé le livre que lui avait recommandé, le premier jour qu'il l'avait vue, M. Dufourcq. Un roman historique, soit, mais qui l'avait tenue éveillée une partie de la nuit. Vers trois ou quatre heures du matin, elle avait éteint la lumière, s'était enfouie sous les couvertures, mais elle avait gardé, dépassant des draps, sa main droite, tenant le roman à la page où elle avait interrompu sa lecture, et il lui avait semblé que le livre, ainsi que le lui avait laissé entendre le vieil homme, lui tenait aussi la main, comme un ami. Elle se mit à beaucoup lire. Elle prit l'habitude de venir, plusieurs fois par semaine, à la librairie des Arceaux. Elle achetait les nouveautés, mais plus encore des livres d'occasion, dont M. Dufourcq, cherchant peut-être à apaiser, par un surcroît de travail, les soucis que lui donnait l'éloignement de son fils, s'était mis à faire commerce. Elle relut tout un tas de vieux livres qu'elle avait lus adolescente, retrouvant des sensations oubliées, à la vue seule de leurs couvertures défraîchies. Peu à peu, elle se lia d'amitié avec le libraire. La clientèle était rare. Ils demeuraient souvent seuls. M. Dufourcq la laissait faire. Mlle d'Urruty arrivait, échangeait avec lui quelques banalités sur la pluie et le beau temps, faisait moisson des livres exposés et s'enfermait dans l'arrière-boutique où M. Dufourcq entreposait soigneusement les emballages qui lui serviraient à retourner aux éditeurs parisiens les livres envoyés par eux « en office », c'est-à-dire automatiquement, dès parution, et qui n'auraient pas trouvé d'acheteurs (ce qui arrivait, hélas, trois fois sur quatre), et où il confectionnait, le cas échéant, sur une petite table, ses « paquets-cadeaux ». Quelquefois, M. Dufourcq ayant une course à faire (jamais trop loin : dans le Vieux Bayonne, chaque maison est une boutique, on peut satisfaire les besoins de toute une vie sans sortir de la rue), frappait à la porte de la petite pièce, passait la tête : « Pouvez-vous me remplacer cinq minutes ? » Mlle d'Urruty devenait libraire, parfois conseiller littéraire. Ce n'était pas plus difficile, somme toute, que de s'allonger sur les tables de Madame Neige. Six mois passèrent. Un matin de mai, la jeune fille entra en coup de vent. M. Dufourcq était plongé dans la lecture d'un dictionnaire.

– C'est mon anniversaire. Je vous invite à déjeuner.

Elle était bras nus, en robe blanche, les cheveux dénoués.

– J'ai failli ne pas vous reconnaître.

– Suis-je donc si rebutante, d'ordinaire?

– Non, répondit-il, embarrassé. Mais je...

Il ne savait comment finir sa phrase. Il avait

hésité à la reconnaître parce qu'elle avait dénoué ses cheveux, et c'est en effet la première fois qu'elle sortait les cheveux dénoués depuis qu'elle était revenue au Pays Basque. Elle tenait ces cheveux blond cendré de sa mère : ils ne sont pas rares dans le Sud-Ouest, moins encore en Espagne. Enfant, puis collégienne, elle avait porté les cheveux courts, mais sitôt qu'elle était sortie de pension, elle les avait laissés pousser, au point qu'à une certaine époque, quand elle avait commencé à se dévergonder, elle les avait eus longs jusqu'à la taille. Par la suite, elle les avait portés aux épaules, mais elle les tenait serrés autour de la tête par un foulard, ou coiffés en chignon dans la journée, ne les dénouant que pour dormir, ou dans les soirées où elle voulait plaire. Tous les moments qu'elle avait passés avec des hommes, à Paris, elle avait dénoué ses cheveux. Lorsqu'elle avait rompu avec cette vie, elle avait envisagé de se les faire couper, mais elle y avait renoncé pensant, somme toute, que ce serait leur infliger un châtiment injuste : ils étaient innocents des choses qu'elle avait faites, des nuits qu'elle avait passées. S'ils avaient accentué sa séduction, ou s'ils avaient même servi à des actions impures (des hommes avaient caressé leur sexe à ses cheveux, d'autres y avaient dépensé leur semence), c'était à cause d'elle, à cause de son esprit assoiffé de vice : en toute justice, elle n'était pas plus fondée à punir ses cheveux qu'elle ne l'eût été à se faire couper les deux mains sous prétexte qu'elles avaient caressé des hommes. Elle avait donc gardé les cheveux longs, mais elle ne les montrait pas.

– Je crois que ce sont ces cheveux qui vous changent.

– Eh oui, j'ai les cheveux longs. Voyez.

Elle secoua vivement la tête, faisant onduler ses cheveux sur ses épaules.

– On dirait des serpents! s'écria le libraire d'un ton effrayé. Mais il corrigea aussitôt : Des serpents d'or!

– Ah... Vous êtes devenu poète, à force de lire tant de livres! dit Mlle d'Urruty. Mais assez parlé de moi. Passez votre veston, je vous emmène.

– Donnez-moi au moins le temps de faire un saut à l'appartement, chercher une veste propre, gémit-il. Celle-ci sent les livres. Elle est horriblement froissée. Il y a des siècles que je n'ai pas été au restaurant. Je me fais honte.

– Vous êtes très bien comme ça!

Ils prirent l'autoroute, sortirent à Hendaye, juste avant le pont international, et prirent à gauche le chemin vicinal qui montait au petit village de Biriatou. La route n'allait pas au-delà. C'était un « village de carte postale ». De vieilles maisons basques blanchies à la chaux, aux portes et aux volets rouge foncé, le fronton rose vif, et la coquette auberge Irribaren, à la façade fleurie, où ils allaient déjeuner formaient un décor de théâtre. Sur le fronton, un costaud d'une trentaine d'années, haut sur pattes et large d'épaules, tapait monotonement, à mains nues, sur une lourde pelote de cuir, une fois de la main droite, une fois de la main gauche, sans se lasser. Ils s'arrêtèrent quelques instants pour le regarder faire. Il ne se retourna pas. On les installa sur une terrasse couverte qui, de l'autre côté de la place, donnait sur une colline vert cru où paissaient des moutons. En contrebas, serpentait une rivière si étroite qu'un enfant l'eût aisément franchie d'un bond, la Bidassoa. La colline verte, qu'on eût touchée de la main, était l'Espagne. Le repas fut délicieux : langoustines, truites, fromage de brebis. Ils burent une bouteille de vin d'Irouléguy. M. Dufourcq écrasa une larme. Mlle d'Urruty s'étonna.

– Qu'est-ce qui vous prend?

– Rien.

– Mais encore?

– Rien, vous dis-je.

– Parlez.

– Je pensais à mon fils.

– Pourquoi pleurer? Ne m'avez-vous pas dit, l'autre jour, qu'il se plaisait sûrement en Argentine?

– Il s'y plaît trop. Il ne reviendra pas. Je suis triste à l'idée qu'il ne reprendra jamais la librairie.

Elle ne put s'empêcher de hausser les épaules.

– Qu'en savez-vous? Si ce n'est pas lui, ce sera quelqu'un d'autre...

– Vous croyez?... Vous croyez qu'un jeune homme, une jeune fille, aujourd'hui, voudront s'établir libraires à Bayonne? Qui a besoin de livres, à notre époque? La librairie disparaîtra avec moi, j'en suis sûr.

– Vous n'allez tout de même pas pleurer à cause de ça! dit-elle avec impatience. S'il ne doit plus y avoir de livres, il n'y aura plus de livres, on n'en mourra pas! Les hommes ont vécu longtemps sans livres, ils ne s'en sont pas plus mal portés. Il faut bien que l'humanité change de temps en temps! Une époque sans livres... une époque avec livres... puis de nouveau une époque sans livres... L'évolution!... Nous sommes venus fêter mon anniversaire et vous êtes triste comme la pluie.

Il sortit de sa poche un mouchoir carrelé, à l'ancienne mode, et s'essuya soigneusement les yeux.

– Excusez-moi. On ne devrait pas pleurer à cause des livres, mais ça a été plus fort sur moi. Un beau jour, les librairies auront disparu l'une après l'autre, personne ne lira plus.

– Qu'y faire? Ce qui arrivera après nous, nous ne le verrons pas. Prenez du café et un petit verre d'Armagnac. Un cigare?

– Non, mais un Armagnac, volontiers.

L'après-midi, ils firent le tour du Labourd : Saint-Pée-sur-Nivelle, Hasparren, Ascain, Sare, Aïnhoa. A partir d'Ascain, les clôtures étaient faites de hautes et larges plaques de granit rose sombre, extraites des carrières de la Rhune, et que la tradition veut que l'on plante en terre comme des pieux.

Elle avait toujours aimé Sare, au point d'envisager, lorsqu'elle avait décidé de venir revivre au Pays Basque, de ne pas habiter le château d'Urrugne, mais de louer une petite maison à Sare, du côté du village qui regarde l'Espagne. Ils prirent le thé sous les platanes, à deux pas du fronton, sur la terrasse de l'hôtel Fagoaga. M. Fagoaga vint lui-même les servir. C'était un homme d'une cinquantaine d'années, mince et vif comme un adolescent. Il avait été un célèbre pelotari, champion de yoko-garbi et de rebot avec son club, « Sarako Izarra », l'Étoile de Sare. Il avait appelé son hôtel, *Hôtel Arraya*, nom d'une figure du jeu de rebot. A l'angle de la place, un berger vendait des peaux de mouton. Une paysanne avait installé un étalage de gâteaux basques et de turron, friandise à base de pâte d'amandes, très sucrée, colorée de couleurs vives. Ils firent de menus achats. La chaleur faiblit. On entendit le claquement de la pelote.

– Voulez-vous voir de jeunes pelotaris?

– Pourquoi pas?

Ils allèrent au fronton, assistèrent à une partie de yoko-garbi. Les jeunes Basques couraient et sautaient comme des tigres. L'avant-gauche du camp bleu tranchait sur ses camarades. Il avait tout : vitesse, force, rage de vaincre. Mlle d'Urruty se surprit à le suivre des yeux, des points durant. Un moment donné, la pelote roula non loin d'elle. Le jeune homme vint la ramasser. Il se tint droit devant la jeune femme, la provoquant du regard.

– *Mendé guciek duté béré pilotari!* (Chaque époque a son pelotari!), dit-elle, citant la vieille chanson basque.

Il était haletant, suant, chemise ouverte.

– Vous êtes à l'*Hôtel Arraya*? demanda-t-il.

– Non. Nous sommes seulement venus prendre le thé. Vous êtes le plus fort?

Il sourit. Il avait le visage osseux, des dents de loup, la sueur dégoulinait sur ses joues creuses, son cou puissant. Au Pays Basque, on n'y va pas par quatre chemins :

– Vous ne prendriez pas un verre de vin avec moi, après la partie? Demandez la permission à votre père.

– Qui est mon père?

– Ce vieux, là, avec le veston froissé.

– M. Dufourcq n'est pas mon père, mais un ami. Je suis Mlle d'Urruty, du château d'Urrugne. Nous n'attendrons pas la fin de la partie, nous devons rentrer à Bayonne. Mais si je reviens à Sare, je vous le dirai.

– Pampi Olçayheta. Demandez Pampi, tout le monde me connaît.

Ce soir-là, elle tarda à trouver le sommeil. Elle ne s'assoupit que passé deux heures du matin, et se réveilla peu après quatre heures. Sachant qu'elle ne pourrait pas se rendormir, elle se leva et alla s'accouder à la fenêtre. La nuit était bleue. La lune, pleine, paraissait être un œil énorme. Elle se souvenait, enfant, d'avoir été effrayée par cet œil immobile au-dessus de la montagne, au-dessus d'elle. La religieuse qui faisait le catéchisme disait que cet œil était la conscience. Cet œil l'avait vue naguère dérober des friandises, bavarder pendant la Sainte Messe. Il la voyait maintenant prendre la route de Sare, retrouver Pampi Olçayheta. Il la voyait renoncer à la vie chaste qui était la sienne depuis dix-huit mois, revenir à la passion, aux aventures. La tentation était si forte qu'elle enfonça ses ongles dans ses paumes. Elle avait envie d'aimer Pampi Olçayheta, de parcourir le monde avec lui, d'en faire un homme. Elle savait pourtant que si elle se laissait aller aux plaisirs de l'amour physique avec Pampi Olçayheta, elle se lasserait vite d'un seul amant, elle voudrait passer en d'autres bras, elle retournerait au rouet du vice. Elle avait cru choisir la sagesse une fois pour toutes, mais il avait suffi qu'elle revoie de près des yeux enfiévrés, un corps vigoureux, une poitrine haletante : il fallait choisir de nouveau. Le ciel pâlit, le bourdon de l'église sonna cinq heures. Elle se trouvait à l'embranchement de deux chemins, et il lui sembla qu'elle voyait s'étendre devant elle les deux vies qu'elle pouvait avoir, selon qu'elle retournerait ou non à la débauche, aussi clairement qu'elle distinguait maintenant, devant elle, à sa gauche la montagne de Sare, à droite la montagne de Saint-Jean-de-Luz. Qu'est-ce qu'un choix, si l'on reste libre? Choisir la chasteté n'avait aucun sens si, sur un coup de tête, ce choix pouvait être remis en question. Elle comprit brusquement pourquoi les religieuses prononcent des vœux perpétuels : ce qui n'est pas absolu n'a pas lieu d'être.

Le ciel pâlit. Les étoiles s'effacèrent. Les premiers coqs se mirent à chanter. Il lui fallait faire un acte irréparable, qui la séparerait des hommes. Elle allait épouser M. Dufourcq.

16

Le mariage

Ils partageaient désormais le même lit. C'était un grand lit, poussé contre le mur, aux trois quarts encastré dans une bibliothèque. Côté chambre, se trouvait une table de nuit sur laquelle M. Dufourcq avait disposé, depuis toujours, deux photographies, celle de sa femme, celle de son fils : celle de sa femme jeune fille, au temps où il l'avait rencontrée, rieuse et frisée, vendeuse aux Dames de France, avenue Thiers; celle de son fils, à Saint-Louis-de-Gonzague, en veste d'uniforme à six boutons, mais en culottes courtes, genoux nus. Le matin de ses nouvelles noces, célébrées discrètement à la mairie, et suivies d'une messe basse à la chapelle des Filles-de-la-Croix, rue Palacio, il fit disparaître la première : Mlle d'Urruty (nous continuerons à l'appeler ainsi, pour la clarté du récit, malgré son mariage) ne la vit jamais.

Ils partageaient le même lit. M. Dufourcq fût sans doute tombé en poussière s'il avait dû, dans ce grand lit, non pas même toucher mais effleurer le corps mince et bronzé de Mlle d'Urruty. Il ne l'approchait pas plus que s'ils avaient été séparés l'un de l'autre par une épée de feu. Elle lui avait dit qu'elle avait l'intention de reprendre sa librairie, le jour venu, puisqu'il en faisait un drame, mais que, comme elle n'avait pas l'intention de reverser au fisc 50 % de la valeur du fonds s'il en faisait son héritière alors qu'ils étaient sans lien de parenté, elle préférait qu'ils se mariassent, arrangement fréquent chez les commerçants. Tout n'était pas faux dans cette histoire, il y avait même une certaine part de vérité (que le notaire de famille confirma), mais la vérité profonde, qu'elle se mariait pour se garder des hommes, elle ne crut pas devoir la lui dire : ces mots eussent été pour lui dépourvus de sens.

Elle avait peu d'amies. Dans l'ensemble, celles avec qui elle était restée en relation (Gracieuse d'Etchepare, par exemple, avec qui, tous les deux ou trois mois, elle échangeait quelque correspondance : Gracieuse était rentrée des États-Unis, elle attendait toujours que Vernes divorce, il paraissait prêt à se décider) ne s'étonnèrent pas plus de savoir qu'elle avait épousé un libraire ayant largement dépassé la soixantaine, qu'elles ne se fussent étonnées d'apprendre qu'elle avait épousé un fils de famille de vingt ans. Pour la plupart des femmes (observation que fit, avec sagacité le commissaire Surrumendy), le mariage est sans conséquence sur la vie sentimentale : on donne le lit, on reçoit le couvert, c'est donnant donnant, un troc qui n'a jamais rien empêché. M. Dufourcq, la veille du mariage, demanda à celle qui allait devenir son épouse si elle ne voudrait pas changer d'appartement. Elle se sentirait peut-être mal à l'aise, estimait le libraire, à l'idée de coucher dans la chambre, et même dans le lit, où sa première femme... « Mais pourquoi? » s'exclama en riant Mlle d'Urruty avant même qu'il eût achevé sa phrase. Elle ajouta, fixant le vieux fiancé dans les yeux : « Sachez-le, je déteste les hommes qui ont des scrupules. » Il se le tint pour dit, n'aborda plus jamais le sujet. Quelques jours plus tard, elle adressa à Gracieuse une lettre, versée au dossier, portant, tracés d'une main qui ne tremble pas, ces simples mots : « Prie pour moi, prie pour que je devienne vite une vieille femme! »

Ils partageaient le même lit. Ils accomplissaient les rites du déshabillage l'un après l'autre (non ensemble, comme font fréquemment les nouveaux mariés), et dans l'ordre inverse de celui auquel un observateur quelque peu informé des choses du mariage eût pu s'attendre : l'homme d'abord, la femme ensuite, celle-ci, d'ordinaire, consacrant plus de temps à sa toilette nocturne et s'attardant dans la salle de bains, cependant que l'homme, dévêtu en un rien de temps et déjà couché (impatient de la chair, peut-être) attend sa venue. Ils accomplissaient le rite du déshabillage dans l'ordre inverse de l'ordre habituel car ces rites, et les humbles mesures d'hygiène qui les accompagnent chez les civilisés, même à Bayonne (se laver les mains, se laver les dents, passer aux w.-c.), demandaient à M. Dufourcq, contrairement aux usages, beaucoup plus de temps qu'à Mlle d'Urruty.

En effet, M. Dufourcq, célibataire, puis marié, puis veuf, avait pris l'habitude de faire, avant de regagner sa chambre, une longue station sur le trône des w.-c. C'est seulement après cette séance (qui pouvait durer une bonne demi-heure) qu'il achevait de se dévêtir, procédait à ses ablutions et se mettait au lit : il mettait à profit ce moment précis de la journée pour lire son journal (le reste du temps, il lisait des livres), le *Sud-Ouest*, édition de Bayonne, et se tenir au fait des menus événements de la région. Mlle d'Urruty ayant pris conscience, dès les premiers jours, de ce comportement particulier, décida qu'elle passerait la première par la salle de bains, abandonnant ensuite à son époux ces lieux paresseux et méditatifs. Elle-même, d'ailleurs, se mettait au lit en un rien de temps. Elle se lavait les dents en prenant sa douche, passait aux waters en coup de vent et se déshabillait en un tournemain, habitude qu'elle avait contractée dès sa dixième année, chez les Dames-de-Saint-Maur, quand ses parents l'avaient mise pensionnaire (il fallait faire sa toilette de nuit en cinq minutes, après quoi la Préfète des Études éteignait), et qu'elle avait conservée dans la débauche (nue en cinq sec!). Dans le lit conjugal, elle ne dormit pas nue, on s'en doute. Elle adopta le pyjama d'homme, deux tailles trop grandes, veste boutonnée au ras du cou, manches dépassant les doigts, jambes traînant par terre, qui lui donnaient un peu l'air d'un clown, mais qui préservait de manière parfaite sa pudeur. Elle se mettait la première au lit, raide comme un I, du côté du mur, et avant même que M. Dufourcq, ayant lu et relu sur le siège le détail des parties de pelote qui formait l'essentiel des nouvelles du Pays Basque (et où revenait souvent le nom de Pampi Olçayheta, celui-là même à qui, sans qu'il s'en doutât, il devait son mariage), se fût, en chemise de nuit courte sur les mollets, lourdement glissé à côté d'elle, pour observer, raide comme un passe-lacet, une position symétrique à la sienne, sur l'extrême autre bord du lit, côté chambre, elle dormait.

Elle n'eut qu'une crainte, au début : faire des rêves érotiques et prononcer dans son sommeil des phrases, ou des mots, qui eussent évoqué, à cru, les scènes scabreuses de sa vie passée. Elle avait beaucoup rêvé étant enfant, peu ou pas du tout durant ses débauches, assez fréquemment depuis qu'elle était redevenue sage – et quels rêves ! Mais, passé la première semaine, elle n'eut plus aucune crainte de se trahir : M. Dufourcq, s'étant mis au lit, marmottait quelques mots (« Bonsoir ma chère »?), éteignait la lumière, et se mettait à ronfler. Elle aurait pu, rêvant ou veillant, dire toutes les obscénités qui lui fussent passées par la tête : il ne risquait pas de les entendre !

Lui-même rêvait régulièrement – quotidiennement, peut-être. Il avait pris l'habitude de noter, sur des cahiers d'écolier à couverture mauve, qui s'entassaient sur l'un des rayons de la bibliothèque, soigneusement numérotés (il tenait ces cahiers depuis toujours), le contenu de ses rêves, et consacrait à cette occupation une petite demi-heure chaque matin, après avoir pris une tasse de café, soit qu'il notât le rêve de la nuit qui venait de s'achever, soit que, ne se rappelant pas avoir rêvé cette nuit-là, il revînt sur le rêve de la nuit précédente pour le préciser, le compléter.

Il rêvait d'ordinaire qu'il était une énorme baleine, fuyant les eaux glacées de l'Arctique pour émerger dans les mers chaudes. Il s'enfonçait longuement dans l'Océan, « naviguait » à l'aveugle avec l'impression suffocante que ce submaritime voyage ne finirait jamais, et brusquement il émergeait sur les côtes africaines. Il émergeait noir, luisant, dans un golfe baigné de lumière, golfe où les divers éléments constituant le paysage brillaient d'une lumière également nacrée : le ciel, la mer, le sable, les rochers. Il se laissait alors porter (conscient de son énormité et de sa noirceur) par une dernière vague sur la plage étincelante où il s'échouait lourdement, tandis que sous son corps massif, maintenant immobile, les derniers filets d'eau se retiraient.

Or, l'un des rêves qu'avait faits le plus souvent Mlle d'Urruty depuis qu'elle avait renoncé à la débauche, et qu'elle craignait par-dessus tout de refaire dans le lit de M. Dufourcq (de peur qu'elle n'accompagnât ce rêve de paroles qu'il eût pu entendre, s'il ne dormait pas), était la pure et simple représentation d'une scène qu'elle avait vécue, à plusieurs reprises, chez Madame Neige : elle se dépouillait de ses vêtements, et, nue comme un ver, s'allongeait, lisse et nacrée sur une table basse, cependant qu'autour d'elle brillaient, dans la pénombre, les habits noirs des hommes qui déjà refermaient leur cercle sur elle. Force est de constater que, quoiqu'ils l'ignorassent, le rêve de M. Dufourcq : cette énorme forme larvaire et noire, s'échouant sur des lieux éclatants de blancheur, était exactement l'inverse (un photographe eût dit : le négatif) du rêve de Mlle d'Urruty : cette mince larve immaculée s'allongeant au milieu des formes noires. Il n'était donc pas tout à fait étonnant, somme toute, que M. Dufourcq et Mlle d'Urruty eussent fini par dormir dans le même lit alors qu'ils paraissaient, et se croyaient, si dissemblables : pour Dieu, qui sait tout, et pour le commissaire Surrumendy, qui en sait à peine moins, ils étaient peut-être la même personne, inversée.

Dans une variante du rêve, M. Dufourcq transformé en baleine ne traversait pas les eaux inférieures sans avaler un grand nombre de petits poissons. Ceux-ci, qu'il découvrait par bancs, dans l'étroite lumière bleutée de l'abîme, fuyaient devant lui sitôt qu'ils l'avaient aperçu, mais, sans même prendre la peine de les prendre en chasse, se contentant de poursuivre sa route invisible sous les eaux, il les avalait par milliers, minces et brillants, comme il aspirait l'eau des profondeurs. Plus tard, bien plus tard, ayant émergé, ayant été rejeté par la mer, et reposant épuisé sur la plage inondée de soleil, il sentait l'eau qu'il avait avalée dans le gouffre sortir de sa bouche comme un flot puissant, et la rejetant sur le sable blanc, j'allais dire sur les draps, il voyait briller, par milliers, ces petits poissons argentés, paraissant paillettes frémissantes.

17

L'album

L'été suivant eut lieu, comme chaque année, la Grande Semaine des sports basques. Les meilleures équipes de pelote, qui se sont affrontées tout l'hiver en éliminatoires, s'y retrouvent, d'une ville à l'autre du Pays Basque, en une série de finales suivies par une foule immense et âprement disputées. Pampi Olçayheta fut le triomphateur de ces journées. Il fit partie des équipes victorieuses à la fois au « grand » et au « petit » chistera (cet étroit panier d'osier que les pelotaris s'attachent au poignet, et qui peut être, selon le jeu choisi, très profond ou à peine courbe), ce qui ne s'était jamais vu. Il passa plusieurs fois aux actualités télévisées de la région, et pendant toute la Semaine les journaux ne parlèrent que de lui.

Mlle d'Urruty, depuis son mariage, s'occupait officiellement de la librairie. Méthodique comme elle l'avait toujours été, elle avait pris l'habitude de tenir la boutique chaque après-midi. Elle passait sa matinée comme elle l'entendait, déjeunait à midi de son côté, souvent d'un simple sandwich ou d'une pâtisserie, à la mode parisienne, arrivait à la boutique vers quinze heures, et s'y tenait jusqu'au soir. M. Dufourcq restait quelquefois avec elle, mais ayant compris qu'elle aimait se trouver seule, il sortait, la plupart du temps, sitôt qu'elle était arrivée, et passait l'après-midi hors de la librairie, se promenant dans les rues de Bayonne, ce qu'il ne se souvenait pas avoir fait depuis qu'il était jeune homme. Il en profita pour découvrir la librairie municipale et surtout la bibliothèque de l'Évêché, où il brûlait d'aller depuis quarante ans, sans avoir jamais pu assouvir ce désir. Il se lia d'amitié avec un chanoine à peu près impotent, qui y tenait le rôle de directeur, et se révéla être un fin connaisseur de la littérature gréco-latine.

Une fin d'après-midi d'août, la Grande Semaine s'étant achevée depuis une dizaine de jours, Mlle d'Urruty, assise au bureau de la librairie, était abîmée dans la contemplation d'une sorte d'album qu'elle avait constitué en découpant des coupures de presse, dont de nombreuses photos, qu'elle avait collées dans un grand cahier de dessin. Ayant entendu un bruit derrière elle, elle se retourna... M. Dufourcq ! Elle l'avait bien vu sortir, en début d'après-midi, ainsi qu'il le faisait quasi quotidiennement, mais il était revenu tandis qu'elle bavardait avec une cliente, sans qu'elle s'en fût aperçue, et il avait passé deux heures, absolument silencieux, dans l'arrière-boutique, où il avait consulté des dictionnaires. Maintenant, il était là. Il posa légèrement les mains sur les épaules de la jeune femme, qui demeurait assise, lui tournant le dos, se pencha au-dessus de l'album grand ouvert, et dit, non par indiscrétion, mais machinalement, les mots étant venus d'eux-mêmes à ses lèvres :

– Qu'est-ce que vous êtes en train de regarder?

Elle ne répondit pas, mais machinalement, elle aussi, du doigt, souligna la légende d'une photo. Il se pencha davantage :

– Tiens... La Grande Semaine des sports basques... Je n'imaginais pas que vous vous y intéressiez à ce point... Pourquoi ne m'avoir pas proposé d'y aller?

Laissant l'album ouvert, elle posa les mains sur les accoudoirs du fauteuil, rejetant le buste en arrière, le visage douloureux.

– J'ai un aveu à vous faire... J'ai découpé et collé dans cet album toutes les coupures de presse où il était question de Pampi Olçayheta.

– Le champion?

– Nous l'avons vu s'entraîner à Sare, l'automne dernier, je ne sais pas si vous vous rappelez...

– Vaguement.

– J'ai échangé quelques mots avec lui...

– Je crois me souvenir de quelque chose de ce genre, en effet, dit M. Dufourcq, mais les choses demeurent floues dans mon esprit... De toute façon, je ne vois pas pourquoi vous paraissez vous reprocher d'avoir découpé les photographies d'un pelotari et de les avoir collées dans un album. Quel mal y a-t-il?...

– Plus que vous ne l'imaginez, peut-être, dit-elle, prise d'un brusque besoin d'avouer. Vous savez que j'ai fait la bringue, à Paris, du temps où j'étais étudiante, je vous en ai parlé, mais je me demande si vous avez la moindre idée de ce que cela signifie, je crois que non, et à partir du moment où je me mets à découper des photographies de pelotaris dans les journaux, vous pourriez tout de même penser que... Oh, j'ai honte d'avoir collé ces photographies!

Elle poussa un cri aigu, de l'arrière-gorge, et donna un violent coup de front sur l'album. Puis releva la tête vers M. Dufourcq, et le regarda, la lèvre tremblante.

– Le passé est le passé, dit le vieil homme. Ne remuez pas la terre des cimetières, il en sort des serpents : c'est un proverbe landais...

– Oui, mais moi je ne suis pas encore morte! s'écria Mlle d'Urruty.

Elle se mordit les joues. Elle les mordit si fort qu'elle les fit saigner, elle cracha un jet de salive rouge sur les pages ouvertes de l'album.

– Mais j'y pense, déclara, l'air consterné, M. Dufourcq, ce Pampi Olçayheta est passé ici, un matin, il y a deux ou trois semaines, en compagnie d'un autre pelotari, un grand costaud, celui-là même qui se trouve parfois à côté de lui sur ces photos. Il désirait vous voir, j'ai l'impression. Il m'a demandé s'il n'y avait pas une jeune femme blonde qui travaillait à la librairie... Je voulais vous en parler... Cela m'est totalement sorti de l'esprit...

– Pampi Olçayheta, ici? demanda Mlle d'Urruty en se levant.

– Oui... C'est un jour où vous aviez rendez-vous à Urrugne... Vous n'êtes rentrée que tard le soir...

Je dormais déjà... J'ai dû noter ça sur un bout de papier que j'ai perdu... Bref...

Il paraissait si désolé que Mlle d'Urruty dut s'y reprendre à deux fois pour le convaincre qu'elle n'attachait aucune importance à l'étourderie qu'il avait commise. Au contraire, il avait fort bien fait de lui épargner d'entendre ce nom : Pampi Olçayheta... ce nom qui... Elle s'emportait. M. Dufourcq renouvela ses excuses. D'un geste coléreux, elle saisit l'album de photographies, le déchira et en lança les morceaux sur le sol.

Ils dînèrent un peu plus tard, sous les arcades, dans le petit restaurant où ils avaient coutume de se retrouver, en fin de journée, deux jours sur trois. Mlle d'Urruty ne dit pas un mot de tout le repas, mangea comme un ogre, et but une pleine bouteille d'Irouléguy à elle seule. Rentrés à l'appartement, vers vingt et une heures, ils gagnèrent immédiatement la chambre à coucher et procédèrent aux rites qui précédaient pour eux la mise au lit. La lumière éteinte, M. Dufourcq, soit indulgence, soit pitié, soit impuissance à exprimer par des mots les sentiments complexes qui l'animaient, tendit la main droite et, pour la première fois depuis qu'ils étaient mariés, posa cette main sur le front de son épouse, et lui effleura les cheveux.

Mlle d'Urruty resta immobile quelques secondes, le corps sec, tendu à se rompre, puis elle poussa un sourd gémissement, pivota sur le côté et, pour la première fois depuis qu'elle avait épousé M. Dufourcq, se rapprocha de lui à le toucher. Elle tendit, elle aussi, la main droite et, sans trembler, la posa sur le ventre du vieil homme.

18

La lettre

L'automne fut magnifique. Au pays Basque, c'est un second été. Fin octobre, un mardi, à l'heure du déjeuner, Mlle d'Urruty buvait son thé et mangeait un sandwich à la terrasse du *Café du Théâtre*, en pleine ville. Elle était jambes nues et bras nus, à moitié allongée sur deux chaises, elle prenait le soleil. Un grand jeune homme brun vint s'asseoir sans façons à côté d'elle.

– Bonjour. Vous n'êtes pas Mlle d'Urruty, du château d'Urrugne?

– Je l'étais, en effet. Maintenant, je suis Mme Dufourcq, la femme du libraire dont la boutique est située rue des Arcades.

Il sourit :

– Quand on épouse un vieux, on peut toujours se dire jeune fille.

– Vraiment?

– D'après ce qu'on raconte.

C'était un beau gosse, il devait dépasser le mètre quatre-vingt-dix, il avait la large carrure, le profil anguleux des Saratars. Il portait un pantalon blanc, une chemisette Lacoste rouge dont le col était entièrement déboutonné. Il pouvait bien avoir dix-neuf ou vingt ans.

– Et vous, qui êtes-vous? demanda Mlle d'Urruty.

– Jean-Baptiste Elissondo, de Sare. Je m'entraînais avec Pampi Olçayheta le jour où vous lui avez parlé, il y a un an. J'ai gagné avec lui la finale de yoko-garbi, cet été. Vous ne l'avez pas su?

– Si. J'ai même découpé les photographies.

– Vous me reconnaissez, alors?

– Non.

– Vous reconnaîtriez Pampi, tout de même!

– Sans doute.

– Nous sommes passés ensemble à la librairie, vous avez dû le savoir. Il n'y avait que le vieux. Il nous a dit que vous étiez à Urrugne.

– J'y étais.

– Pour faire quoi? Vous avez un *vrai fiancé*, là-bas?

Il détacha ces mots d'un ton moqueur. Mlle d'Urruty s'étira paresseusement sur ses deux chaises, et tourna légèrement les pieds vers l'extérieur afin que le soleil lui rôtisse bien le dedans des jambes.

– J'avais rendez-vous avec mon architecte. Je vais devoir refaire une partie de la toiture, et je voudrais mener ces travaux à bien avant l'hiver. Vous habitez chez vos parents?

– Oui... dit-il, un peu désarçonné.

– Je l'aurais deviné, dit-elle d'une voix langoureuse. J'imagine qu'il ne pleut pas dans votre chambre.

Elle ferma les yeux. Une serveuse approcha du jeune homme.

– Vous voulez un café?

– Merci, je pars dans un instant.

Il y eut un temps de silence. Mlle d'Urruty rouvrit les yeux.

– Vous avez réellement quelque chose à me dire?

– Pampi Olçayheta aimerait vous revoir.

– Si c'est vrai, pourquoi n'est-il jamais repassé à la boutique?

– C'était en juin... Nous avons joué à la pelote tout l'été... Après plusieurs victoires à la Grande Semaine, on se trouve devant une pluie de contrats... Comment refuser?... Aujourd'hui encore, il dispute une partie à Saint-Sébastien...

– Qui me dit que vous ne me racontez pas des histoires?

– J'ai une lettre pour vous.

– Une lettre?

La lettre apparut dans les mains du jeune homme, Mlle d'Urruty écrivit le soir même dans son journal *« toute ma vie, je me reprocherai d'avoir accepté cette lettre, j'aurais dû la détruire à l'instant même où on me la remettait »*, mais trop tard, la lettre était maintenant dans ses mains, elle n'avait pas eu le réflexe de la détruire, elle l'examinait, l'enveloppe ne portait aucune souscription.

– Qu'est-ce qui prouve que cette lettre est pour moi?

– Lisez-la, vous verrez bien.

Le jeune homme salua Mlle d'Urruty d'un coup de tête, et s'éloigna à grands pas. Elle mit la lettre dans son sac. A trois heures pile, s'étant soigneusement recoiffée et maquillée, elle entrait dans la librairie. Elle n'était plus les mains nues, elle avait mis ses gants blancs.

– Quel beau temps, n'est-ce pas? dit M. Dufourcq.

– Oui, plus chaud qu'en été.

– Avez-vous pris votre thé au soleil?

– A la terrasse du *Café du Théâtre.* J'ai sûrement entretenu mon hâle, dit-elle en regardant ses bras. Un tout jeune homme s'est assis à côté de moi sans m'en demander l'autorisation et m'a débité des sottises. A Paris, ces choses-là ne se font pas.

– Heureusement, nous ne sommes pas à Paris! dit le libraire avec conviction. Il lui donna un baiser sur le front. Je vais passer l'après-midi à la bibliothèque de l'Évêché. A ce soir.

– A ce soir.

Il sortit. Elle ôta ses gants blancs, posa son sac, ouvrit la lettre.

Sare, dimanche.

Je suis Pampi Olçayheta. Vous avez dû avoir de mes nouvelles, cet été, par les journaux, si vous vous intéressez toujours à la pelote. J'ai envie de vous. Cet automne, je dois jouer un peu partout en Pays Basque Sud, mais je me débrouillerai pour passer un jour à la librairie, quand vous y serez. J'achèterai un livre, n'importe lequel. Ne dites rien, même si le vieux n'est pas là, il pourrait entrer sans qu'on s'y attende, mais le lendemain matin de ce même jour, retrouvez-moi un peu avant midi sur les hauts d'Aïnhoa, à gauche en arrivant au village quand on vient de Sare. J'ai une palombière à cet endroit, au-dessus d'un petit bois de chênes, vous la verrez de la route, j'y serai.

P.

Trois jours plus tard, sur les cinq heures, Pampi passa à la librairie. Mlle d'Urruty était seule. Depuis qu'elle avait lu la lettre elle s'attendait à le voir entrer, mais elle eut un choc. Il était plus grand que l'an dernier, plus musclé, plus maigre. Elle se leva du bureau, et se mordant au sang le dedans des joues, elle recula jusqu'aux rayonnages.

– Bonjour, je voudrais un livre.

Il se tenait à deux pas d'elle, le corps tendu. Elle déplaça lentement la main gauche, indiquant des doigts les romans qui se trouvaient sur le présentoir. Elle ouvrit la bouche mais ne put prononcer une parole. Il saisit un livre au hasard, sortit de la poche de son pantalon une épaisse liasse de billets de cent francs, montant de paris, vraisemblablement, qu'il avait gagnés les jours précédents, en détacha un, le lança sur le bureau et sortit de la boutique. Jean-Baptiste Elissondo, qui l'attendait sur le trottoir d'en face, témoigne que, sitôt revenu dans la rue, comme ils descendaient vers la Nive, il jeta le livre dans une bouche d'égout.

19

La décision

On se lasse de tout, même d'incendier les librairies. Toutes celles qui se trouvaient dans le centre de Buenos Aires ayant été réduites en cendres, incidents qui avaient provoqué l'anéantissement d'innombrables livres et plusieurs dizaines de morts, Vincent Dufourcq et son ami Roberto Monzón, le mafioso qui dirigeait les commandos de pétroleurs sur le terrain, décidèrent de mettre la pédale douce : au lieu de choisir, à l'aide de l'annuaire téléphonique et sur la carte, de manière militaire, comme ils l'avaient fait depuis le début, les objectifs à détruire, ils décidèrent de s'en remettre au hasard, et d'explorer paresseusement les quartiers populaires, où les librairies sont, en Argentine comme ailleurs, plus rares que dans les beaux quartiers; où la plupart de celles qui s'y implantèrent naguère ont été transformées, au fil des ans, en cafés, lupanars, salles de billard, officines de loteries; mais où il n'est pas dit, qu'en musardant, on ne puisse tomber, à l'angle d'une rue, ou derrière un tas d'immondices, sur une boutique oubliée, apte à faire un ultime feu de joie.

Un après-midi d'août, alors que le mafioso, avachi sur la selle de sa grosse moto, avait été rôder dans les faubourgs fanés de la monotone capitale, cherchant à débusquer quelque dépôt de livres digne d'être embrasé, Vincent, au volant de sa voiture décapotable, un cabriolet Cadillac Eldorado rose électrique, dans le coffre duquel étaient soigneusement rangés, comme aux beaux jours, sept jerricans d'essence pleins à ras bord, étant sorti des quartiers résidentiels, longea, côté nord de l'immense ville, le morne estuaire où se déversent, plates et boueuses, les eaux du Río de la Plata.

Vers la pampa, Buenos Aires n'en finit pas de finir. On passe insensiblement des monumentales avenues aux belles rues; des belles rues aux rues ordinaires; des rues ordinaires aux rues communes; de ces rues communes à une vaste zone de demeures déjà villageoises, perdues entre lotissements populaires et terrains vagues; de ladite zone à une campagne poussiéreuse où les constructions vont s'éclaircissant, se dispersant, s'anéantissant en entassements de pierres jaunâtres (dont on ne sait plus s'il s'agit de matériaux destinés à d'aléatoires édifices ou des ruines d'habitations abandonnées), et de cette campagne poussiéreuse à la pampa.

Côté nord, la ville finissait brusquement. On avait longé les plages, le port, on traversait une zone industrielle, alternance de hangars et de plates-formes bétonnées entre lesquelles poussaient des herbes folles, et puis rien. La route n'était plus asphaltée. C'était un chemin de terre sableuse, consolidé, tous les six ou sept mètres, par des traverses de métal. A droite, le fleuve. Vincent stoppa, monta sur la dune que formaient les rives, et sur quoi poussaient, çà et là, de maigres touffes d'ajoncs. De l'autre côté de l'estuaire, l'horizon se trouvait barré par une épaisse couche de brume, couleur de fumée, dense et boursouflée, qui montait des eaux, au ras du ciel, mais ces brumes allaient peu à peu s'amincissant et s'estompant vers l'ouest, où l'on distinguait, brillante et ténue, une ligne blanche : Montevideo. Peu de vent et qui soufflait de la mer. Une odeur tenace d'embruns, d'huiles usées, de poisson, de pourriture. Ramassant une tige de métal rouillée qui se trouvait dans les ajoncs, Vincent fouilla le sable pour voir s'il n'y découvrirait pas une charogne. Mais non. L'odeur de pourriture venait de loin, du grand fleuve, de l'estuaire, de la mer peut-être. Il revint s'asseoir dans la voiture et, fermant les yeux, laissa tomber sa tête contre le volant.

Il demeura ainsi assoupi quelques instants et fut réveillé par les cris lugubres d'un vol de mouettes venu tournoyer au-dessus de lui. Il frissonna : le temps d'un éclair, il s'était cru à Bayonne. Les oiseaux, ici, paraissaient plus lourds et plus lents. Mais ils étaient toujours de ce blanc sale, de ce gris de cendre qui lui avait si souvent fait penser à la mort quand il les regardait, du pont de la Nive, s'abattre sur les restes d'un agneau qu'on avait jeté dans la rivière à hauteur des abattoirs, et ils poussaient ce même cri, grêle et aigu, qui perçait les tympans, qui faisait peur. Reprenant sa route, il déboucha bientôt sur une longue enceinte grillagée de barbelés que soutenaient, à intervalles réguliers, des poteaux de béton dont le sommet, recourbé vers l'intérieur, était muni de fortes ampoules. Tous les cent mètres s'élevaient des miradors où l'on devinait des soldats. L'un d'eux menaça Vincent de son fusil. Vincent fit demi-tour, prenant soin de ne pas enliser la voiture. Il regagna la route asphaltée, contourna la zone industrielle, tomba sur une station-service édifiée au croisement de cette route et d'une ancienne piste bétonnée, aux fragments disjoints, peut-être un tronçon d'autoroute qui, pour une raison ou pour une autre, n'avait jamais été achevé.

Donnant un large coup de volant pour prendre l'entrée de la piste qui conduisait à l'aire de service, Vincent s'aperçut que la station n'était pas, comme on pouvait le croire quand on débouchait sur le carrefour, un bâtiment isolé, mais au contraire, l'extrémité nord de tout un ensemble de constructions de briques, à structures métalliques, sans étage, formant, dans cet endroit isolé, un quadrilatère d'environ trente mètres de côté qu'on eût appelé, au cœur d'une ville, un « bloc ».

Un jeune homme en tee-shirt sans manches et jeans collants, dont le biceps droit était orné d'une décalcomanie représentant un iguane, qui, recourbé sur lui-même, se mordait la queue, sifflotait, assis dans un fauteuil à bascule. Il était brun de peau. Il avait les pommettes saillantes. Il avait les yeux minces, un faux air d'Indien. Il avait de longs cheveux noirs, brillants et raides. Il portait un éclat de diamant à une oreille. Vincent rangea la Cadillac le long des pompes. Le jeune homme se leva et s'étira longuement, faisant craquer l'ossature de son dos. Vincent sortit de la voiture, lui lança les clés du réservoir.

– Le plein, s'il vous plaît.

– Oui, *hombre*.

– Avez-vous des toilettes, ici?

– Derrière l'atelier. Prenez garde aux flaques d'huile.

Contournant l'atelier, Vincent découvrit quatre ou cinq appentis de parpaings recouverts de plaques de tôle ondulée sur lesquelles, pour éviter qu'elles ne fussent arrachées par le vent, on avait posé de grosses pierres. S'y trouvaient entassés des bidons d'essence, des fûts d'huile, de vieux pneus, des batteries hors d'usage, le bric-à-brac d'un garage. Le dernier appentis servait de waters. Les parois en étaient recouvertes d'inscriptions en faveur du parti justicialiste. « Perón, reviens! » Vincent pissa, puis, poursuivant son exploration, fit le tour du bloc.

Du côté opposé à la route, celui-ci se composait des restes d'une demi-douzaine de constructions abandonnées (habitations? commerces?) dont les ouvertures, dépouillées de tout ce qui avait pu être fait de matériaux nobles (portes, fenêtres, vitres, rideaux de fer), s'ouvraient, béantes, sur les larges dalles de béton disjoint qui servaient naguère de trottoirs. Des traces de peinture délavées se voyaient encore sur certaines de ces misérables façades.

Parvenu à la dernière, Vincent s'apprêtait à faire demi-tour lorsqu'un homme apparut à l'angle du bloc. Un vieillard grand, sec, vêtu d'un antique pantalon de cérémonie, gris rayé de noir, tombant en loques, et d'une chemise jadis blanche, à col cassé, sur laquelle il avait passé un désastreux gilet de satin noir, d'où des fils saillaient, à l'emplacement de chaque bouton, pareils aux sourcils hirsutes d'un vieux masque. Il avait les traits burinés, les yeux pochés, de longs cheveux gris plantés par touffes sur une calvitie circulaire.

– Vous cherchez quelque chose, monsieur?

Vincent montra du doigt la station-service.

– Merci. Je me dégourdis les jambes pendant qu'on fait le plein de ma voiture.

– La voiture d'abord, dit l'homme.

Il allait passer l'angle, retournant d'où il était venu, lorsque, se ravisant, il fit de nouveau face à Vincent. Ses yeux étaient paisibles. Sa vieille face n'avait pas cette expression amère que le temps, trop souvent, impose malgré lui à l'homme âgé.

– Vous ne cherchez pas quelque chose à lire, par hasard?

– A lire?

– J'ai des bouquins à vendre. Si cela peut vous intéresser...

D'un geste courtois, il invita Vincent à le suivre. Ils passèrent sur l'autre face du bloc. On n'avait rien construit, là, sinon une seule boutique bétonnée, où subsistaient encore porte, fenêtre, vitrine, que surmontait une enseigne en forme de livre. La porte était ouverte, découvrant un intérieur où un entassement désordonné de paperasses évoquait le contenu d'une benne chargée de récupérer les imprimés. Sur la vitrine, souillée d'embruns, où jaunissaient, tombant en miettes, des photographies d'hommes barbus, vraisemblablement des écrivains, on pouvait lire, à quelques lettres près, qui avaient été emportées par la tempête, ces mots orgueilleux, tracés au pochoir, en une époque lointaine :

DIARIOS-LIBROS-REVISTAS

Au-dessus, était fixée par deux clous dans le cadre de bois qui entourait la vitre, une pancarte, visiblement récente, proclamant :

SE VENDE

– A vendre, dit le vieillard d'un ton engageant.

S'excusant de passer le premier, il fit entrer Vincent dans la boutique. Elle était pleine de l'odeur des vieux livres. D'un revers de main, le vieillard débarrassa deux caisses de bois des poussiéreuses paperasses qui s'y trouvaient amoncelées, en équilibre instable. Dans un coin était un lit de camp sur lequel somnolait un chat jaune, roulé en boule. Vincent entra. Le chat ouvrit un œil bleuâtre, rongé de taies.

– Joli chat, dit Vincent poliment. Comment s'appelle-t-il?

– L'abbé de Rancé. Mille excuses, monsieur, pour ce patronyme amphigourique, mais si vous avez lu la *Vie de Rancé* de M. le Vicomte de Chateaubriand, ce dont je ne doute pas, vous savez que l'illustre anachorète était l'heureux propriétaire d'un chat jaune. Celui-ci, qui vient des égouts de Buenos Aires (peut-on venir de plus bas? je ne crois pas), me rappelle, sans même s'en douter, les trésors de votre littérature. Car vous êtes français, bien sûr. Donnez-moi des nouvelles de la France.

L'abbé de Rancé referma l'œil. Vincent s'assit.

– Moi qui croyais parler l'espagnol sans accent...

– Certes, dit le vieux. Mais de même qu'on voit que ce chat est jaune avant de savoir qu'il s'appelle L'abbé de Rancé, on voit clairement que vous êtes français avant que vous ayez ouvert la bouche.

– Vous êtes un homme d'expérience.

– J'ai beaucoup lu.

Vincent sortit de sa poche une boîte de petits havanes, en choisit un, le tendit au vieillard qui s'en saisit avec une expression d'intense satisfaction, en prit un autre qu'il porta à ses lèvres, et tendit le paquet aux trois quarts plein au vieillard qui l'empocha. Ils allumèrent leurs cigares. L'abbé se mit à ronronner.

– Nous étions quatre frères, dit le vieillard, les quatre frères Hernandez, nés à Buenos Aires, d'une antique famille d'ici. Cet endroit où nous sommes devait être, je vous parle d'il y a vingt ans, le premier « bloc » d'une ville nouvelle qu'on voulait édifier en ce lieu, au confluent, si je puis dire, du port, qui se trouve à un kilomètre à l'est; de l'aéroport, qui se trouve trois kilomètres à l'ouest; et surtout d'une véritable cité militaire que le gouvernement de l'époque, soucieux d'avoir l'armée à portée de sa main, avait l'intention de faire construire, cinq cents mètres plus au nord. Si vous suiviez la route parallèlement au fleuve, vous apercevriez des miradors : le pouvoir actuel a fait un camp de détenus de ce qui devait être une ville de soldats.

– Je le sais, j'en viens.

– On vous a tiré dessus?

– J'ai fait demi-tour.

– Compliments. Vous savez ce que sont les plans, en Argentine : on fait le compte à rebours, de 100 à 1, et arrivé à 2, on arrête tout. On a donc construit des casernements ultra-modernes, devenus les lamentables baraquements que vous n'avez pu voir, arrêté que vous avez été par l'enceinte grillagée, où devaient habiter dix mille soldats. Vous me suivez?

– Je vous suis.

– De quoi ont besoin les soldats?

– De fusils.

– De fusils, certes, qui leur sont fournis par la nation. Mais aussi d'alcool, de putains et de bandes dessinées. Vous me suivez toujours?

– Comme si vous me teniez par la main.

– Le roman est la main, le lecteur le voyageur. Nous étions quatre frères, les quatre frères Hernandez. Jorge, l'aîné : le général qui devait commander la cité militaire. Javier, le second : le proxénète qui ouvrit une maison de passe à l'endroit où se trouve aujourd'hui la station-service. Jeronimo, le troisième : le patron de bar qui ouvrit un débit de boissons jouxtant le bordel dont nous parlons. Jesús, le quatrième : le libraire qui ouvrit, à l'endroit même où nous sommes assis, un stand de bandes dessinées, polars, porno, S.F., revues sportives, illustrés guerriers, romans sentimentaux, haute littérature. Jesús Hernandez : votre serviteur.

– La cité n'a pas été construite?

– Elle ne le sera jamais. Les dix ou douze commerces, dont ceux de mes deux frères, le bordel et le bar, qui s'étaient implantés dans cet îlot bétonné, ont fermé leur porte, faute de clients. Je suis resté seul, à consommer ma propre marchandise, par les yeux s'entend, car il faut vous dire qu'à l'exception de tout ce qui est imprimé noir sur blanc selon la méthode de notre bien-aimé père, Gutenberg, et dont j'ai besoin en quantité pour vivre, je me nourris de peu : un morceau de pain et un oignon, j'en ai assez pour la semaine, pourvu que j'aie mon papier à dévorer! J'ai été nommé, grâce à la munificence de mon frère aîné, le général, gardien de ce bloc, qui appartient au ministère de la Guerre, je touche un traitement de dix mille pesos, et je lis et relis sans jamais cesser la marchandise littéraire entassée ici depuis des lustres. Il y a bien dix ans que je n'ai pas reçu un service de presse, je puis réciter Homère par cœur. Connaissant les lettres, je sais tout. Quand il nous arrive de nous réunir, les quatre frères, ce qui n'est pas rare... le général, le proxénète, le patron de bar, et moi, le libraire... c'est toujours moi qui en sais plus que tous les autres, toujours moi qui ai le dernier mot. Le général connaît la guerre, l'homme du bar connaît la politique, le proxénète connaît l'amour, je connais tout. Il n'y a pas dans toute leur expérience réunie le centième de ce qu'il y a dans ma tête lorsque j'ai fini de lire un livre.

– Pourquoi vendez-vous?

– Parce que je meurs. Je suis atteint d'une grave maladie. J'ai le projet de me jeter, un livre à la main et l'abbé de Rancé dans l'autre, au plus profond de l'estuaire.

– Le fruit de la vente?

– J'en ferai don à la Bibliothèque Municipale, qui cherche à reconstituer son fonds, après le terrible incendie d'il y a deux ans.

Ils avaient fini de fumer leurs cigares. On appelait. Le garçon qui tenait la station-service cherchait le propriétaire de la Cadillac. Vincent salua cérémonieusement le vieux et sortit de la boutique.

Un peu plus tard, il retrouva Roberto dans un restaurant du centre ville. Ce dernier faisait grise mine.

– Rien qu'à vous voir, je suppose que vous n'avez pas trouvé grand-chose d'intéressant là où vous êtes allé, dit Vincent.

– Des librairies de merde, qui ne valent même pas la bouteille d'essence qu'on y lancerait. Et vous?

– Moins encore. Puis il raconta son après-midi.

Il dormit mal. Il revivait la scène de la séparation. Il revoyait son père lui montrer, presque orgueilleusement, la photographie du caveau, soulignant de l'ongle de l'index, qu'il avait gris et long, l'inscription désarmante : « Joseph Dufourcq, libraire », puis tirant de sa poche un paquet de ses infects cigarillos, et le lui présentant d'un air gourmand : « Tabaco superior. » Il rêva. Il vit son père crever comme un chat, tournoyer sur les eaux de l'Adour. Le matin venu, il écrivit à l'abbé Etchecopar, le supérieur de Saint-Louis-de-Gonzague, qui l'avait connu tout au long de sa scolarité, et ne pouvait rien ignorer de son histoire.

« Ici, à Buenos Aires, j'ai fait la rencontre d'un vieux fou qui m'a fait penser à mon père. Celui-ci vit-il toujours? Je crains de lui téléphoner. S'il est vivant, je compte rentrer à Bayonne, l'embrasser, et reprendre la librairie. Répondez-moi vite, je vous prie, à l'adresse que je vous donne car, si je dois rentrer, j'aurai à liquider pas mal d'affaires avant de regagner la France (j'ai fait fortune, ici), et je devrai compter un bon mois avant de pouvoir prendre l'avion du retour. »

Trois semaines après, la réponse arrivait.

« Ton père est vivant, il va très bien, il s'est remarié l'année dernière, avec une demoiselle d'Urruty, d'Urrugne. Sa jeune femme l'aide à tenir la librairie. »

Il était attablé au *Bar Nacional*, avec Roberto. Il lança la lettre sur la table.

– Lis ça.

Roberto lut, se rembrunit.

– Qu'est-ce que tu vas faire, maintenant?

– Je vais aller à Bayonne, je vais mettre le feu à la boutique, et s'ils sont dedans, lui et la fille, tant pis pour eux.

– Si tu avais commencé par incendier cette librairie, dit Roberto, tu n'aurais pas eu besoin d'incendier les autres.

Journal de Vincent

Aux époques de pluie, l'Adour gonfle jusqu'à affleurer les quais. Grossie des gaves qui dévalent les pentes des Pyrénées, l'eau devient d'un jaune sale. Au centre du fleuve subsistent des traînées d'un jaune plus sombre, tirant sur le gris. Par endroits, se creuse la spirale d'un tourbillon. Sous le vent venu de la mer, se forment, à la surface de l'eau, des vagues rapides qui courent contre le courant, à se demander dans quel sens le fleuve coule. Il paraît refluer vers les montagnes d'où il vient. Mais le fleuve ne peut remonter vers sa source, ce qui est accompli est accompli. L'enfant ne peut revenir dans la semence paternelle. Je suis assis dans un café de Buenos Aires, je pourrais écrire une lettre à mon père pour lui annoncer mon retour, j'écris ceci. Il m'est souvent arrivé de marcher le long des quais, de sortir de la ville par les allées Marines (où s'alignaient, naguère, aujourd'hui en ruine, les entrepôts des anciennes compagnies de navigation)... les allées Marines, nom que j'aimais beaucoup... et d'aller à deux heures de marche, jusqu'à la Barre, où le fleuve, au moment des grandes marées, cherche furieusement à se jeter dans l'océan. Dans l'océan qui le rejette, père, comme tu me rejettes, moi. On voit se dresser, flot contre flot, une véritable muraille de vagues où l'élément liquide paraît exploser comme sous l'effet d'une éruption.

Quand j'étais enfant, toi, mon père, à qui ces mots ne parviendront jamais, tu m'as emmené voir ce spectacle. Tu m'as expliqué qu'il y avait de grands animaux qui se livraient bataille sous la terre, dont ils faisaient craquer la carapace, projetant ces vagues vers le ciel. J'avais peur, je serrais ta main. Ce jour-là (le jour où l'écrivain venu de Paris m'a chassé de la librairie), j'ai encore une fois marché jusqu'à la Barre, j'ai revu ce combat du fleuve et de la mer, j'ai entendu le rugissement des animaux, je me suis mis à crier dans la tempête : « Oublie tes livres, et aime-moi ! » Mais il était bien trop tard.

A la Barre, la pluie redoubla. Ce n'était pas seulement de la pluie, c'était une véritable marée d'embruns. Quand j'en ai eu assez d'être trempé, j'ai été chercher refuge dans les pins. Je suis descendu dans les décombres d'un de ces blockhaus que les Allemands ont construits, pendant la guerre, de part et d'autre de l'estuaire, et qui ont fini par basculer dans le sable. J'ai descendu un escalier oblique, donnant dans une étroite casemate. Je me suis assis là, parmi les détritus et les excréments desséchés. J'ai sorti mon briquet et j'ai allumé une cigarette. A la brève lueur de la flamme, j'ai aperçu près de moi, collés au sol de béton, les restes d'une mouette, j'ai pensé que c'étaient mes sentiments d'enfant, peut-être mon père lui-même. J'ai voulu écraser ce déchet du talon, mais il était si fin, si putréfié, que je n'en ai pas même senti l'épaisseur sous mon pied. J'ai compris que quelque chose était fini, j'ai pris la décision de partir.

C'est peut-être dans ce blockhaus puant que j'ai passé les trois jours pendant lesquels on m'a vainement cherché dans tout Bayonne. Je suis moi-même incapable de dire ce que j'ai fait. Je sais seulement qu'au terme de ces trois jours je me suis retrouvé devant la librairie de mon père, affamé, sale, enragé. A travers la vitrine, j'ai regardé les livres sagement rangés sur les étagères, les présentoirs, ils m'ont paru, malgré leurs belles couvertures, grimaçants et diaboliques.

Et maintenant, j'ai rencontré ce vieux fou d'Argentin dans les ruines de sa propre librairie. Il m'a semblé qu'un temps infini s'était écoulé depuis mon aventure du blockhaus, que je n'étais plus le même homme. Tout en l'écoutant, je redevenais l'enfant d'autrefois, celui qui regardait son père avec admiration, pour qui les livres n'étaient pas encore devenus des ennemis. J'ai alors envoyé cette lettre à Bayonne. Je m'y voyais arriver peu après. J'entrais dans la boutique, je prenais mon père dans mes bras, je serrais contre moi, jusqu'à la faire craquer, cette frêle carcasse... Rêve fou. D'après la réponse que j'ai reçue, cette carcasse repose, la fin du jour venue, entre les bras graciles d'une femme. Je n'aurais pas été trahi une fois, mais deux fois.

. . . .

Sa décision était prise. Le lendemain, il alla dans une agence de voyages, retint son billet d'avion pour la France. Froidement, il établit son plan.

20

La chasse

Mlle d'Urruty n'alla pas au rendez-vous. Elle pensa que Pampi Olçayheta se manifesterait d'une manière ou d'une autre, mais les jours passèrent sans qu'elle reçût signe de lui. Elle avait gardé la lettre cachée dans un vieil escarpin où la police la retrouva. On peut déduire de cette découverte que Mlle d'Urruty n'avait rien dit à son mari de la proposition du pelotari, alors que, peu avant, elle avait ostensiblement déchiré l'album où elle conservait ses photographies. La femme est changeante, paraît-il.

Octobre s'acheva. Toujours un temps étincelant. Début novembre, le thermomètre marqua vingt-cinq degrés. On célébra l'ouverture de la chasse. Nombre de Basques chassent en solitaires, parcourant la montagne, le fusil à la main, à la queue de leur chien, mais la plupart de ceux qui vivent sur les premiers contreforts des Pyrénées, aux frontières de l'Espagne, pratiquent la chasse au filet. Le principe en est simple. On tend des filets verticaux, de dix mètres de haut, au creux de deux cols, passage obligé des palombes qui, l'hiver approchant, émigrent vers les pays chauds. Quand le vol arrive, des guetteurs, juchés dans des cabanes de branchages que l'on édifie sur les crêtes, lancent des palets de chêne polis au-dessus du vol. Ces palets descendent en tournoyant. Les palombes, croyant à l'attaque d'un épervier, perdent brutalement de l'altitude, et, en ouragan, passent au ras du sol dans la brèche ouverte devant elles. Elles se jettent ainsi dans le filet qui s'abat, les faisant prisonnières par centaines. Des hommes cachés dans la futaie se précipitent alors, saisissent les palombes qui se débattent, par les pattes, les arrachent aux mailles du filet, et, d'un coup de poignet, leur font éclater la tête sur le rocher. Ils portent des tabliers pourvus de grandes poches où ils entassent les oiseaux. Une bonne équipe, possédant une bonne palombière, peut ainsi capturer plusieurs vols par jour, et, en fin de saison, près de huit ou dix mille palombes.

Mlle d'Urruty venait d'arriver à la librairie. M. Dufourcq était là. Des amis entrèrent, des amis à elle, habitant Urrugne, qui venaient l'inviter à chasser. Elle hésitait.

– Allez donc passer deux ou trois jours dans les palombières, dit le libraire, le grand air vous fera du bien. Vous vous étiolez dans cette boutique.

– Je n'aime pas vous laisser seul.

– Mais moi j'ai à faire l'inventaire, dit-il en riant, j'ai mes habitudes depuis des années, j'ai besoin de me retrouver en tête à tête avec mes comptes.

– Eh bien, soit.

Ses amis lui proposèrent de venir la chercher en

Jeep chaque matin, aux petites heures du jour, mais elle déclara qu'elle profiterait de l'occasion pour passer quelques nuits à Urrugne, dans sa maison, où elle n'allait plus que rarement, et d'où elle monterait à la palombière à vélo. Elle avait plusieurs fois fait la route ainsi, étant fillette, avec son père. Elle partait à six heures du matin, à neuf heures elle arrivait à la cabane. On lui proposa de se joindre au petit groupe d'hommes qui manœuvrait les filets, mais elle préféra rester sur les crêtes, ayant horreur de voir massacrer les oiseaux. On signala trois vols le matin et quatre l'après-midi. Vers seize heures, on avait capturé plus de mille palombes. Le carré de rochers où on leur avait fracassé la tête était rouge de sang. Mlle d'Urruty remercia ses amis.

– Il faut que je parte.

– Revenez demain.

– Volontiers.

Elle prit la route du retour, mais, peu après Saint-Pée, elle obliqua sur sa gauche et se dirigea vers Aïnhoa. Arrivée à deux kilomètres du village, elle distingua, d'un œil exercé, émergeant au-dessus des coteaux que l'automne avait roussis mais qui, aux approches du crépuscule, se fondaient dans le ciel violet, une cabane feuillue qu'on avait édifiée au sommet du plus haut des chênes, et comme elle s'engageait dans le chemin forestier, ayant mis pied à terre car, au débouché de la départementale, la pente était raide, elle manqua d'être heurtée par une Jeep chargée de sacs de palombes, où se tenaient quatre jeunes gens qui descendaient de la chasse. Ils chantaient des chants basques. Celui qui se trouvait assis à côté du chauffeur était Pampi Olçayheta. Après le raidillon venait un faux plat. Elle remonta sur son vélo et fit environ deux kilomètres en direction de la cabane. A la lisière de la forêt, le chemin se perdait sous les chênes, devenait un sentier qui grimpait dur. Elle posa son vélo contre une haie et poursuivit sa route à pied.

En cet endroit du Labourd, Aïnhoa est le dernier village avant l'Espagne. La frontière suit la ligne des crêtes. La cabane de Pampi Olçayheta avait été construite au sommet de grands chênes qui s'élevaient au plus haut de la forêt. Côté français, les sentiers qui y donnaient accès étaient rudes, mais côté espagnol la montagne n'était qu'une paroi granitique, de près de cent mètres de hauteur, s'élevant brusquement au-dessus d'un amas de rochers. Vu de la cabane, l'à-pic était vertigineux. Mlle d'Urruty n'avait pas peur. Elle grimpa jusqu'au sommet des chênes par les quatre ou cinq échelles verticales qu'on avait fixées à demeure dans la futaie, se glissa dans la cabane, et s'inclinant pour s'accouder à la rambarde (qui arrivait à peine à la ceinture d'un homme afin que les guetteurs fussent entièrement libres de leurs mouvements lorsqu'ils lançaient les palets), elle regarda vers le sud. Il était bientôt près de sept heures, mais la nuit tardait à venir. Devant elle, le ciel d'Espagne était jaune, sur sa droite, à l'ouest, le soleil, tout sanglant, paraissait stagner au-dessus de l'horizon. Le plancher de la cabane était fait de quelques lattes de bois, grossièrement enclouées, sur lesquelles on avait jeté une vieille couverture kaki de l'armée. Dans un coin, se trouvaient une vingtaine de palets, une bonbonne de vin à demi pleine et une boîte de cartouches. Mlle d'Urruty était en chandail et en jupe. Elle s'allongea de tout son long sur la couverture, les mains derrière la tête, et attendit.

La nuit était tombée depuis longtemps lorsque Pampi Olçayheta revint. Mlle d'Urruty s'était peut-être endormie, par moments, mais elle n'avait pas bougé. Le soleil avait depuis longtemps disparu dans la mer, la lune bleue, énorme, était apparue à l'opposé du couchant, les arbres exhalaient une odeur violente, Pampi Olçayheta escalada les échelles comme un singe, elle le vit immense, se découpant sur le ciel déchiré de feuillages, il s'allongea sur elle, il sentait le vin. Lorsqu'elle avait entendu, au loin, grandissant vers elle, le grondement de la Jeep, et lorsqu'elle avait vu à deux ou trois reprises le bref faisceau des phares trouer la nuit, et lorsque, la voiture ayant stoppé pas trop loin sur un dernier coup d'accélérateur rageur, elle n'avait plus douté que ce fût lui, Pampi, elle s'était prestement débarrassée de son slip, qu'elle avait glissé sous elle et, la jupe de nouveau bien tirée sur les jambes, elle avait repris son immobilité. Mais sitôt qu'il s'était penché au-dessus d'elle, elle avait remonté sa jupe jusqu'à la taille, écarté les jambes au maximum, défait le pantalon d'une main fébrile, saisi le sexe raidi, l'avait guidé, et l'avait enfoncé en elle, un fer rouge, tandis que ses deux jambes, pareilles aux pinces d'un homard, se refermaient sur les reins du garçon et le plaquaient violemment contre elle. Il y avait vingt-six mois qu'elle n'avait pas été pénétrée par un homme, et peut-être jamais comme cette fois.

Ils n'échangèrent pas un mot, peut-être quand tout fut fini Pampi Olçayheta balbutia-t-il « je t'aime », ce n'est pas sûr, la lune était passée d'est en ouest et ils entendirent l'horloge de l'église d'Aïnhoa sonner quatre coups.

– Je dois revenir ici à sept heures, il faut partir, dit Pampi.

Ils descendirent les échelles, il chargea le vélo sur la Jeep, il la ramena chez elle, à Urrugne. Ce second jour, elle arriva aux cabanes de Saint-Pée à midi, fraîche comme l'œil. Pampi, dès l'aube, était remonté, avec ses trois copains de Sare, à sa cabane. Le soir venu, même scénario. Elle quitta la chasse vers six heures, elle croisa la Jeep à peu de distance d'Aïnhoa, elle monta dans la cabane de Pampi, elle attendit. Ce second soir, elle attendit entièrement nue, allongée à même les planches de bois grossier, le haut de la poitrine et le visage seulement couverts, lorsqu'elle eut trop froid, par la couverture de l'armée. Le trajet de la lune s'était modifié dans le ciel. Lorsque Pampi Olçayheta survint, elle se trouvait ce soir-là exactement au-dessus de la cabane, au-dessus d'une trouée de feuilles : l'entier de la cabane s'en trouvait éclairé comme une scène de théâtre. La Jeep stoppa. En entendant Pampi monter les échelles, Mlle d'Uruty plaça son corps en plein dans la lumière, et enferma son visage dans la couverture kaki. Elle voulait qu'il la trouvât ainsi : le corps nu, les jambes écartées, pas de tête, elle voulait tout lui donner, son amour, mais son corps aussi, tout son corps, qu'il n'oublie jamais.

Sept jours ainsi, car le quatrième jour, date à laquelle elle aurait dû rentrer à Bayonne, elle téléphona à son mari, M. Dufourcq. « Je me plais beaucoup à la chasse. Ça me fait du bien de prendre l'air. Est-ce que je peux rester encore trois jours de plus? Je serai là dimanche. Il n'y a pas trop de monde à la librairie? – Il n'y a personne. Je profite de votre absence pour faire le " grand inventaire ", celui qu'on ne fait que tous les sept ans. Profitez du beau temps. – A dimanche, sans faute. » (Nous savons qu'elle a dit « A dimanche sans faute » car le libraire a relaté dans son journal, parmi bien d'autres, cette conversation téléphonique.) On était alors le jeudi matin. Le jeudi soir, le vendredi soir, le samedi soir, les deux amants se retrouvèrent dans la cabane. Le dimanche matin, vers les deux heures, alors que Pampi Olçayheta dormait lourdement à côté d'elle, Mlle d'Urruty écarta deux planches que, la veille au soir, s'étant munie d'un morceau de fer, elle avait déclouées sans trop de peine, tandis qu'elle l'attendait, et, l'attirant doucement par les épaules, mouvement auquel, dans son tendre sommeil, il répondit, elle le précipita dans le vide.

Des contrebandiers espagnols qui revenaient de France par les ravins trouvèrent à l'aube le corps disloqué de Pampi Olçayheta. Ils le portèrent à Deva, village jumeau d'Aïnhoa, de l'autre côté de la frontière. On habilla Pampi de noir, et on le déposa dans une chapelle ardente. Dans l'après-midi, son père vint le reconnaître. On transporta le corps à Sare, où les obsèques eurent lieu le mardi en présence d'une foule considérable. Pampi n'avait rien dit de ses amours. Si ses amis, chasseurs ou pelotaris, eurent des soupçons, ils les turent. La presse relata que s'étant rendu dès l'aube à la cabane pour en consolider l'assise, Pampi, ayant dû faire un faux mouvement, avait glissé entre deux planches disjointes. Il s'était écrasé d'une hauteur de cent mètres sur les rochers. Les Basques pleurèrent un champion, l'un de ces jeunes tigres qui règnent sur la pelote. M. Dufourcq chercha Mlle d'Urruty, en vain. Tout ce que les gens d'Urrugne purent lui dire, c'est qu'elle avait quitté leur chasse, le samedi en fin d'après-midi, comme elle l'avait fait chacun des jours de la semaine – une semaine où elle avait paru particulièrement enjouée et détendue. En désespoir de cause, au bout de quinze jours, il prévint la police. Une fugue?... Leur mariage était, de toute évidence hors des normes... L'hypothèse de la fugue paraissait s'imposer d'elle-même. Les policiers voulaient ne pas dramatiser l'affaire. Certains, venus interroger M. Dufourcq, le firent d'un ton narquois. Le vieil homme comptait les jours.

21

Le détective

Vincent prit l'avion pour Paris. Le mafioso l'accompagna à l'aéroport. « Je pars pour huit jours. – Sois prudent. » Vincent réprima une envie de rire. Il était résolu à incendier la librairie paternelle, le vieillard dedans, et la femme avec, s'ils s'y trouvaient. L'avion décolla. Vincent regarda, oblique dans le ciel, la vaste ville géométrique, pareille à la carte postale qu'il avait envoyée à son père dès son arrivée en Argentine, des milliers d'années auparavant. Au nord de la ville, paraissant suspendu à mi-ciel (tandis que l'avion virait sur son aile en prenant de l'altitude), l'immense estuaire du Río de la Plata. Il était aussi gris que l'épaisse couche de nuages pommelés où bientôt l'avion s'enfonça. Vincent ferma les yeux. « Mon père m'a trahi pour les livres, et comme si ça ne suffisait pas, il m'a trahi pour une femme ! » Cette pensée le rongeait.

Pourtant, à Bayonne, dans le lit du vieillard, plus de femme ! – ce qu'il ignorait. L'hiver approchait. La chasse à la palombe était finie. Pampi Olçayheta reposait dans le cimetière de Sare. Mlle d'Urruty n'avait pas réapparu. M. Dufourcq désespérait. La police, après quelques semaines de recherches, vraies ou feintes, s'était contentée de lui apporter des consolations de pure forme, parfois teintées d'ironie. Un vieil homme qui épouse une trop jeune femme (une jeune femme dont on ne sait pas grand-chose... jolie de surcroît... qui vient de passer, loin des siens, plusieurs années à Paris, la ville dangereuse par excellence...) peut-il s'attendre à autre chose qu'à cela : à ce qu'un beau jour, cette jeune femme disparaisse aussi mystérieusement qu'elle est venue?... Le commissaire Surrumendy avait même remarqué ceci, au cours de sa longue carrière : il y a souvent symétrie dans l'agencement des faits divers. L'assassin qui médite longuement son coup revient fréquemment sur les lieux du crime, alors que la femme fatale, sortie brusquement de l'ombre, occupe un instant le devant de la scène et s'évanouit à jamais. Les archives de la police étaient éloquentes sur ce point. M. Dufourcq voulait-il les consulter? Le libraire déclina l'offre. « Dommage, dit le commissaire. La science statistique apporte certaines consolations. » Lui-même, cependant, consultait discrètement, par télex, le fichier de la prostitution. Le nom de Mlle d'Urruty n'y figurait pas... Mais qu'est-ce qu'un nom?

M. Dufourcq ne s'éloigna plus du téléphone. Comme il avait peur que celui-ci ne sonnât dans l'appartement quand il se trouvait dans la librairie, dans la librairie quand il se trouvait dans l'appartement et, pire que tout, quand il faisait route de l'un à l'autre, il décida de s'installer à demeure dans la librairie, parmi ses chers livres, la seule consolation qui lui restât. L'angoisse lui poignait le cœur. Il disposa dans l'arrière-boutique un lit de camp, une cuvette et un pot d'eau, un seau d'aisance, un réchaud de campeur alimenté par une petite bonbonne de gaz. Tous les matins, il se faisait livrer un litre de lait, une baguette de pain, il était prêt à attendre, aussi longtemps qu'il le fallait, jusqu'à ce qu'il eût des nouvelles. A ce régime, il s'affaiblit, lui qui n'avait jamais été très fort. Surtout, il n'arrivait pas à dormir. Il se couchait tout habillé, s'étant à peine déchaussé, prêt à bondir si, par quelque miracle, sa femme l'appelait (et d'où?) en pleine nuit. Il lisait jusqu'à trois ou quatre heures du matin. La lumière éteinte, il n'arrivait pas à se réchauffer. Il n'avait emporté qu'une seule couverture. Comme il ne voulait pas tenter le diable en faisant un saut à l'appartement pour en chercher une seconde, maintenant qu'il avait pris toutes ses dispositions pour habiter, une fois pour toutes, la boutique, il disposait au-dessus de lui, s'il avait trop froid, une couche de livres, sous laquelle il demeurait parfaitement immobile, les yeux fixes, et qui, faisant poids, finissait, tant soit peu, par le réchauffer.

La police ne donnait plus signe de vie. M. Dufourcq se décida à mettre sur l'affaire (avec le sentiment de commettre une imprudence dont il lui faudrait peut-être un jour payer le prix...) deux ou trois détectives privés dont il avait lu les adresses sur la page des petites annonces de *Sud-Ouest*. L'un de ceux-ci, homme émacié, grisâtre, aux lèvres minces, qui se faisait appeler M. Furtif, eut bientôt vent d'une piste qui, remontant dans le passé proche de Mlle d'Urruty, pouvait permettre de conduire jusqu'à elle.

– Pourquoi aller fouiller dans ce passé dont elle ne m'a jamais parlé qu'à demi-mot? C'est le présent qui m'intéresse... commença par dire le libraire.

– Cher monsieur, dit le détective privé, ayez confiance dans notre façon de procéder qui s'inspire des principes de la chasse. Un animal qui disparaît soudain des endroits familiers de la forêt est sans doute revenu dans son terrier. Je crois savoir où votre épouse a passé ces dernières années...

Il parla de repaires en Sologne, d'une maison cachée à la lisière des forêts. M. Dufourcq, tout innocent qu'il fût, comprit que cette piste sentait le sexe... l'horreur, peut-être... Quelque chose lui disait de ne pas chercher à pousser dans cette voie, mais quelque chose lui disait d'y fouiller... Il hésitait...

– Je ferai ce que vous voudrez, dit le détective. Ou j'arrête les frais, ou, si vous voulez en savoir davantage, il faut payer.

Il énonça un chiffre. Trois millions.

– Pourquoi, si cher? demanda le libraire. Trois millions! Je n'ai pas cette somme. Je pourrais hypothéquer la librairie...

– Une hypothèque! Vous plaisantez.

– J'ai bien un ami, dit le libraire en pâlissant...

Le détective s'attendait à ce qu'il nommât un financier susceptible de verser la somme à sa place, ou du moins de se porter caution. Non. Cet ami était un livre, le seul livre réellement précieux que M. Dufourcq possédât, un Montaigne de la deuxième édition, édition de Bordeaux, en un volume, daté de mille cinq cent quatre-vingt-deux, qu'il avait découvert parmi un fatras de livres pieux, un jour qu'il avait racheté, en salle des ventes, la bibliothèque d'une succession qu'on dispersait.

– Allez le chercher, dit le détective.

– C'est un livre.

Le libraire prit dans le dernier tiroir de son bureau l'antique ouvrage, qu'il avait soigneusement emmailloté dans un vieux chandail, dont il avait noué les manches sur le dessus, de même qu'on noue une faveur sur une boîte de chocolats. Il défit le chandail, tendit le livre. Le détective prit dans ses mains le volume relié de cuir fané, aux coiffes usées, d'où sortaient des signets faits d'un ruban si fin qu'ils paraissaient sur le point de tomber en poussière. Il le tourna, le retourna comme il eût fait d'un objet tombé d'une autre planète.

– Vous vous moquez de moi!

– Ce livre vaut largement la somme que vous me demandez, dit le libraire.

– Pour moi, il ne vaut rien du tout, dit le détective.

Il rendit l'ouvrage à M. Dufourcq, qui le saisit avec vénération et, le portant à ses lèvres, y déposa un baiser.

– Eh bien, je le vendrai. Revenez dans huit jours.

M. Dufourcq se donna un dernier jour de grâce. Le téléphone ne sonna pas. Le lendemain, il fit passer dans deux ou trois journaux parisiens une annonce proposant la vente du Montaigne. Plusieurs amateurs se manifestèrent. Le plus affamé prit l'avion, paya, emporta le livre. M. Dufourcq rappela le détective, lui remit la somme demandée.

– J'ai l'impression que je commets un crime.

– Ne regrettez rien, dit le détective, c'est de l'argent bien placé. Dans un mois, vous aurez de mes nouvelles.

Au jour dit, en effet, il appela. M. Dufourcq ne put empêcher sa voix de trembler.

– Vous l'avez retrouvée?

– Non, mais j'ai retrouvé des gens qui l'ont connue, un lieu où elle est souvent allée. J'ai un document à vous faire entendre.

Il y eut un silence. Le détective demanda :

– Vous êtes toujours en ligne, monsieur?

– Oui.

– Je voudrais vous voir. Je vous le répète : *un document.*

Encore un silence, puis M. Dufourcq dit d'une voix faible :

– Venez.

Je n'ai pas de peine à l'imaginer, les cheveux entièrement blancs maintenant, fragile, voûté, assis à la table de travail, dans la librairie où les livres, pour la première fois de sa vie, sont en désordre, où les lourds paquets cartonnés contenant les « services d'office » envoyés par les éditeurs parisiens s'entassent, n'ayant pas même été ouverts, et où les clients, dissuadés par l'écriteau apposé sur la porte :

FERMÉ POUR CAUSE D'INVENTAIRE

alors que l'inventaire est fini depuis trois mois, ne viennent plus. M. Dufourcq fait peine à voir. Il ne dort pas, il a presque cessé de s'alimenter, un peu d'eau sucrée, une croûte de pain frottée d'ail, toute autre nourriture l'écœure. Mal rasé, mal vêtu, il se tient tassé sur son fauteuil. Ses mains tremblent. On lui donnerait quatre-vingts ans. Une voisine dira : « Depuis la disparition de sa jeune femme, il n'était plus le même... On sentait qu'il n'avait plus envie de vivre... Il avait l'air d'un mort. » Le détective au visage grisâtre, au costume gris, se tient en face de lui, assis de travers sur sa chaise. Son expression trouble est celle des gens qui s'apprêtent à révéler un secret. Sur un signe d'acquiescement du libraire, il porte la main à la poche intérieure de sa veste, et il en tire un petit objet rectangulaire, noir et brillant : une cassette.

Le monde de la débauche est un monde étriqué. Tous ceux qui s'y coudoient, si peu que ce soit, se connaissent. M. Furtif avait des relations nocturnes. Il faisait quelquefois, pour le plaisir, ce qu'il nommait « son tour de France des maisons de rendez-vous ». Il connaissait les bonnes adresses de Paris, et les bonnes adresses de la Sologne, c'est si près. Il avait pour ami le patron du petit café de Saunis, ce gros homme silencieux dans l'établissement duquel Mlle d'Urruty avait pris l'habitude de s'arrêter, à l'aller ou au retour, quand elle allait passer un week-end au *Relais des Sapins*. A vrai dire (Mlle d'Urruty eût été bien surprise de l'apprendre...), ce gros homme était le véritable propriétaire du *Relais*, et le père de Madame Neige. Il savait très bien où allait Mlle d'Urruty, le samedi en fin de matinée, lorsqu'elle entrait prendre un café, et d'où elle revenait, le dimanche soir ou le lundi en milieu de journée, lorsqu'elle s'asseyait à sa place habituelle, près de la fenêtre, tout au fond, et qu'elle écrivait une carte postale (qu'elle s'adressait à elle-même). Il l'avait même, un samedi, par un sourire, désignée à M. Furtif, qui, venant de Paris, et se rendant lui aussi au *Relais,* où il comptait passer la soirée, mangeait ses tartines à une autre table. M. Furtif avait répondu par un clin d'œil. Il avait vite repéré la jeune femme, le soir même, sur les tables couvertes de plastique, et il l'avait prise, au nombre de ces hommes qui, dans la demi-obscurité, se pressaient autour d'elle (et si ce n'était pas elle, c'était une autre, qui lui ressemblait autant qu'une goutte d'eau peut ressembler à une autre). Maintenant, il se trouvait devant ce vieil homme fatigué, qui avait passé sa vie dans les livres, et qui, ayant tout lu, ou presque tout, ne pouvait pas même imaginer ce qui se passait à sa porte. Peut-être eut-il, à l'égard de cet homme, un bref sentiment de pitié, et fut-il tenté de ne rien dire. Mais il dit : « Voulez-vous vraiment écouter cette cassette? » Le libraire fit signe que oui. L'homme porta de nouveau la main à sa poche, en tira un petit magnétophone portatif, y inséra la cassette. Dans le silence de la librairie, que ne troublait même plus le crissement, perceptible parfois, des termites rongeant les pages des chefs-d'œuvre, s'éleva une voix de femme grave et flexible. La voix de Madame Neige.

Madame Neige ne dit rien de ce qui avait pu se passer depuis la disparition de Mlle d'Urruty, qui, vraisemblablement, n'était pas revenue en Sologne. Mais elle parla, d'un ton sincère, de ce qui s'était passé auparavant. Lorsque le détective eut fini de faire entendre au vieillard un côté de la cassette, il demanda : « Voulez-vous écouter l'autre face? » M. Dufourcq s'était raidi sur sa chaise. Sa face avait pris la couleur de la terre. Il fit, de la main, un geste bref : « Sortez. » Le détective fit à son tour un geste qui signifiait, la main se déployant avec mollesse vers son hôte : « Mais pourquoi nous arrêter en si bon chemin?... » Les yeux de M. Dufourcq étaient presque clos, son visage hâve et mal rasé semblait être pétrifié. La main répéta le même geste, geste infime, à peine un mouvement du bout des doigts : sortez. Le détective rempocha le magnétophone et sortit. M. Dufourcq resta comme il était, un vrai cadavre (caché derrière l'un des piliers des arcades, le détective, qui devait tout raconter à la police, son ancienne Maison, d'où il avait été chassé pour indélicatesse, mais où il avait conservé de nombreux amis, l'observait). Le détective estima que M. Dufourcq resta parfaitement immobile très longtemps (de six heures du soir à neuf heures passées, heures frappées comme un sourd, dans l'étroite rue, par le bourdon de la cathédrale). Au cours de ces trois heures, M. Dufourcq ne bougea pied ni poil, mais, à quelque vingt minutes d'intervalle, le détective vit distinctement, à travers la porte vitrée de la librairie, de maigres larmes, des larmes de vieillard couler sur son visage raviné. Vers neuf heures et quart, M. Dufourcq ouvrit les yeux, se leva de sa chaise au prix de ce qui parut être un grand effort, et marchant à pas raides et saccadés, comme un automate, arriva péniblement jusqu'à la vitrine. De l'intérieur, il abaissa le rideau. Un rai de lumière demeurait visible, sous la porte. Le détective alla dîner.

22

L'incendie

Le même après-midi, Vincent Dufourcq était arrivé à l'aéroport de Biarritz-Parme, venant d'Orly. Il y loua, au comptoir Hertz, une 205 blanche qui lui fut livrée le plein fait, et prit la large route, bordée d'hypermarchés aux enseignes criardes, qui conduit de Biarritz à Bayonne. Peu avant d'entrer dans Bayonne (il put apercevoir, pour la première fois depuis quatre ans, par-dessus les arbres des allées Paulmy, les flèches jumelles de la cathédrale), il s'arrêta à une station Shell, fit l'emplette d'un plaid et d'un petit jerrican de secours, de tôle peinte en rouge vif, pas plus grand qu'une mallette, qu'il fit remplir d'essence. Il avait l'intention de s'introduire dans la librairie en passant par la porte de derrière, que fermait une vieille serrure, d'entasser quelques dizaines de livres sur le parquet de la librairie non sans avoir pris soin de les ouvrir (le papier trop compact tarde à s'enflammer), de les arroser d'essence, et de faire son feu de joie. Sans doute y aurait-il peu de chances que se trouvent, dans la librairie, à l'heure vers laquelle il comptait opérer, aux alentours de minuit, le vieil homme et sa femme, mais si, pour une raison ou pour une autre, ceux-ci s'étaient attardés dans la boutique, eh bien ils flamberaient avec elle.

Il raconta tout cela, par la suite, à la police. Il gara sa voiture sur le parking du kiosque à musique, en plein centre ville, enveloppa le mini-jerrican dans le plaid, le mit sous son bras comme il eût fait d'un sac de voyage, et alla s'asseoir au *Café du Théâtre* où il dîna d'une bière et d'un sandwich au jambon. A la demie de dix heures, il sortit. Personne dans les rues. Il alla jusqu'au pont de la Nive, mais ne traversa pas, et longea la rivière, en amont, sur une vingtaine de mètres. La lune était à son premier quartier. Les étoiles étaient rares. Il traversa la rue des Arceaux, qui débouchait sur les quais, puis remonta vers le quartier de la cathédrale par la ruelle, parallèle à cette rue, qu'on appelle passage Iraçabal, du nom d'un héros de la Résistance. Il repéra la porte étroite, de simple pin, qui donnait accès à l'arrière-boutique, mais ne s'arrêta pas, se contenta de toucher, au passage, cette porte de ses doigts. Ayant fait le tour du pâté de maisons, et noté que tout était pareil à son souvenir, il redescendit la rue des Arceaux vers le fleuve. Elle était absolument déserte. A la cinquième boutique, il s'arrêta. Il se trouvait devant la librairie.

Il remarqua tout de suite que, sous le rideau intérieur baissé, filtrait un rai de lumière. Il y avait quelqu'un!... Un écriteau était placardé sur la porte. Vincent approcha et, allumant son briquet, déchiffra : « Fermé pour cause d'inventaire. » Il pinça les lèvres. Jamais de sa vie, son père n'avait fait l'inventaire de nuit. On pouvait parier que la femme se trouvait dans la boutique. Tant pis pour elle. Elle flamberait avec les livres. Vincent prit sa décision. Il éteignit le briquet, et il allait remonter les Arceaux pour repasser par la ruelle, lorsqu'un violent éclair rougeâtre parut traverser le rideau de la boutique, éclair que suivit immédiatement une explosion. Puis il y eut un souffle, et comme le bruit d'un ronflement. L'odeur caractéristique du fuel qui brûle parvint aux narines de Vincent. Tout cela ne prit pas une seconde. Bouleversé, Vincent comprit : la librairie allait brûler. Courant comme un fou, il contourna le pâté de maisons, déposa le jerrican dans la ruelle, et d'un coup d'épaule enfonça la porte de l'arrière-boutique.

M. Dufourcq s'était pendu. Il avait posé une chaise sur son bureau, avait accroché une cordelette à la suspension, avait repoussé la chaise de ses talons... son corps pendait dans le vide. Avant de se pendre, il avait répandu sur le sol de la librairie le contenu d'un petit baril de fuel dont il se servait pour le chauffage de la resserre, et il y avait mis le feu. Vincent comprit. Il attrapa au vol des ciseaux à papier, sauta sur la table, coupa la corde, porta son père dehors, revint dans la boutique où le feu commençait à ramper le long des parois couvertes de livres, dont certains étaient déjà la proie des flammes, fit le « 18 ». Trois minutes après, les pompiers arrivaient. On put maîtriser l'incendie, on ne put ranimer M. Dufourcq. Celui-ci fut ramené chez lui. Vincent se retrouva dans l'appartement où il avait passé sa jeunesse. Il n'y vit nulle trace d'une récente présence féminine. M. Dufourcq fut allongé sur son lit, en costume du dimanche, le drap de dessus replié à mi-corps, selon la coutume du pays. Une voisine âgée s'étant proposée de le veiller (après avoir disposé près du lit, sur une chaise basse, une assiette creuse remplie d'eau bénite où trempait une petite branche de buis), Vincent se rendit au commissariat central, et demanda à être entendu par la police. Il raconta tout ce qu'il savait, et apprit d'elle une partie du reste.

Le lendemain eut lieu la mise en bière. Pour le dernier voyage, Vincent plaça sous la tête de son père un dictionnaire ouvert, qui la soutenait également des deux côtés; cala le corps avec les nouveautés de la rentrée; et plaça entre les mains du vieux libraire une édition courante de Montaigne, n'ayant pu retrouver dans les tiroirs du bureau (peut-être avait-il été consumé par le début d'incendie?) le précieux exemplaire des *Essais* auquel, il le savait, son père tenait comme à la prunelle de ses yeux. La volonté de M. Dufourcq fut accomplie. Il reposa dans le quartier résidentiel du cimetière, sous la plaque de marbre qui, outre son nom, portait ce seul mot : libraire. Dans le mois qui suivit, Vincent se rendit en Argentine, liquida ses affaires et, rentré définitivement à Bayonne, prit la suite de son père dans la boutique des Arceaux.

23

La question

Je revenais régulièrement à Bayonne. Je descendais toujours dans le même hôtel. Le commissaire avait fait reprendre les dossiers.

– Alors... vu de Paris... quoi de neuf?...

– Rien de particulier... La fille a réapparu?...

– Pas encore.

On emploie rarement le mot *jamais*, dans la police.

Ce soir-là, j'étais dans le hall, transformé, comme il arrive souvent dans les hôtels de catégorie moyenne, en une sorte de petit salon. J'attendais l'heure du dîner, en regardant, d'un œil distrait, la télévision. Je la vis lentement descendre l'escalier, elle, Mlle d'Urruty. Un fantôme?... Mais non, c'était bien elle, telle que je l'avais vue cent fois sur les photographies qui figuraient au dossier. C'était elle... mince... nette... élégante... vêtue d'une robe sans manches vert d'eau. D'où qu'elle vînt, je ne fus pas trop surpris de la voir là : la police, à Urrugne, devait faire surveiller sa maison. Elle s'assit dans l'un des fauteuils qui me faisaient face. Elle attendait, sans doute, elle aussi, d'aller dîner. Elle prit machinalement, dans son sac, une cigarette. J'étais déjà debout, le briquet à la main : « Du feu, mademoiselle? » Elle me remercia d'un battement de cils, attrapa de la main, sur une table basse, un magazine qui traînait, se mit à lire. Je n'avais plus qu'à me rasseoir. Un peu plus tard, nous nous retrouvâmes dans la salle à manger. Dans ce petit hôtel, nous étions les seuls convives. Elle dînait à quelques tables de moi.

Elle avait commandé une soupe de poissons, elle décortiquait soigneusement, de ses doigts habiles, des langoustines, j'entendais les fragments des frêles carapaces roses craquer, je pensais : que ne puis-je m'asseoir sur tes épaules, faire craquer les os de ta boîte crânienne comme tu fais craquer ces langoustines, et aspirer le « blanc » qui est à l'intérieur. Alors, je saurais tout de toi!

Elle semblait plongée dans ses pensées. Pas une fois, elle ne tourna le visage vers moi. Par moments, je fermais les yeux pour mieux la voir, pour mieux me pénétrer de sa personne. Regarder quelqu'un, c'est se laisser posséder par l'apparence, se fier à ce que pourrait être une description de roman... Pauvres yeux!... Pauvres mots!... Je fermais les yeux, j'oubliais les mots, j'essayais de la laisser se mouvoir d'elle-même en moi, je me laissais lentement envahir. A dix mètres, je me sentais devenir son parfum, sa tiédeur, son être même. Brusquement, je compris qu'elle avait tué Pampi Olçayheta.

Je compris qu'elle avait décidé, le dernier jour où elle était revenue à la palombière, qu'à un pareil amour, si brutal, si sauvage, qui, malgré qu'elle en eût, la rejetait dans un passé haï, il ne pouvait y avoir qu'une issue. Le septième jour, pendant la nuit, attendant que Pampi revînt de Sare, elle avait eu tout le temps d'enlever quelques-uns des longs clous qui consolidaient le plancher disjoint de la cabane. Puis allongée, nue, les jambes écartées, la tête sous la couverture kaki, elle était demeurée immobile, et lorsque son amant, ayant escaladé les échelles dressées dans les arbres, l'avait prise avec violence, sans un mot, puis s'était pesamment endormi dans ses bras, elle, s'étant penchée sur le côté, avait desserré son étreinte et laissé glisser le jeune homme dans le vide. Cent mètres plus bas, il s'était écrasé sur les rochers.

Il avait eu des obsèques magnifiques, comme on sait les faire au Pays Basque, où le cercueil est porté vers la fosse à épaules d'hommes, entourés de danseurs vêtus de blanc. J'ouvris les yeux. Mlle d'Urruty regardait la carte. Il m'eût suffi d'aller au téléphone... d'appeler le poste de police... « Commissaire Surrumendy? – Le fouille-merde? – Vous êtes assis? – Oui. – Accrochez-vous. Le ver est dans le fruit. Devinez qui se trouve à Bayonne? – Cessez de parler par énigmes, ou je vous coffre. – Mlle d'Urruty. – Répétez! – Elle est là, en personne... dans la salle à manger de l'hôtel d'où je vous parle. – Je fonce. » Mais, pas question. J'avais tout mon temps. Je n'allais pas faire un tel cadeau à la police. Je finissais tranquillement de déguster mes langoustines. Pour dessert, gâteau basque. Le garçon couvait des yeux la revenante. « Un café, Mademoiselle? – S'il vous plaît. » Je me levais de table, je sortais après lui avoir adressé, de la tête, un petit salut, qu'elle ne voyait pas.

Le dénouement approchait. J'allais savoir. Je le sentais à mes nerfs crispés, à mes mains moites. Je passai par ma chambre, mis une veste sombre, un foulard qui pût dissimuler la blancheur de ma chemise. De nouveau, le hall. Coup d'œil à la salle à manger. Mlle d'Urruty s'attardait. Elle avait un peu reculé sa chaise, elle s'était légèrement renversée en arrière, tenant, un peu loin d'elle, la tasse de café, qu'elle semblait contempler, l'œil mi-clos, comme si la vérité dût en sortir. Je traversai le pont, jetai un regard à l'Adour brusquement devenu pareil à du papier d'argent sous le ciel pâlissant du crépuscule, et m'enfonçai, pour la dernière fois peut-être, dans la Vieille Ville. La nuit venait. Elle ne se hâte pas, à Bayonne. Elle arrive en douceur, à pas de loup. Je dénichai un poste d'observation idéal, derrière un lourd pilier, à dix pas de la librairie, au débouché de la rue qui conduit du centre ville aux Arceaux (celui-là même, me fut-il révélé par la suite, qu'avait occupé, quelque temps auparavant, le détective). Sans même me pencher, englouti par l'ombre, je pouvais voir parfaitement ce qui se passait dans la librairie. Seule de toutes les boutiques de la rue, dont on avait baissé les rideaux de fer, elle était encore éclairée. Par la porte vitrée, j'apercevais, aussi distinctement que si je l'avais vu sur un écran de télévision, un homme jeune et maigre, à n'en pas douter Vincent Dufourcq, travaillant au bureau où s'était si longuement assis son père. Après le début d'incendie qui avait accompagné la mort du vieil homme, la librairie avait été repeinte à neuf. Des présentoirs modernes, en verre et acier, avaient remplacé les anciens présentoirs de bois blanc. En chemise claire, manches retroussées, le jeune homme, qui fumait un mince cigarillo, mettait à jour des fiches cartonnées qu'il tirait, une à une, d'une boîte métallique vert foncé ouverte devant lui. Il paraissait profondément absorbé par cette occupation, et la lumière de la triple suspension de néon qui éclairait le haut de son visage (le bas de ce visage étant dans l'ombre, que piquetait de rouge, s'avivant par instants, la mince extrémité du cigarillo) révélait un front étroit mais studieux, que barraient deux profondes rides d'attention. A un moment donné, il prit sur l'angle du bureau une liasse de papiers, sortit de la boutique, et vint la déposer dans la poubelle qui se trouvait placée sur le bord du trottoir, puis reprit son travail, tirant simplement la porte derrière lui. Il ne m'aperçut pas. Je le vis de tout près. Je le trouvai plus grand, plus musculeux que sur les photographies de lui que m'avait montrées la police. Il avait le teint bronzé des gens qui ont beaucoup vécu au grand air. Lorsqu'il pencha de nouveau la tête pour écrire, je distinguai dans sa chevelure aile de corbeau quelques fils blancs.

J'étais en train de calculer son âge (vingt-deux ans, pas plus...) lorsque, dans le silence de la nuit maintenant tombée, j'entendis un pas. Je me retournai. Mlle d'Urruty venait. Je la reconnus de loin, comme elle traversait la lumière bleuâtre des lampadaires. Elle avait mis un trench-coat sombre. Elle allait lentement, la tête penchée en avant. Elle semblait réfléchir. Je pensai soudain : elle n'a pas encore pris sa décision! Nous approchons de la scène finale, et le sort de l'histoire entière est suspendu. L'image était celle de la vie. Tout dépend du dernier geste, du dernier mot. La jeune femme approchait... Je remarquai qu'elle ne portait pas au bras un sac à main, mais un sac plus grand, une sorte de fourre-tout. Elle avait prévu, peut-être, si les choses tournaient d'une certaine manière, de ne pas retourner à l'hôtel? Elle approchait. L'éclairage de la rue qui la conduisait aux Arceaux laissait subsister d'étroites zones d'ombre au point de contact des cercles de lumière dispensés par les hauts projecteurs de béton. Chaque fois que, se rapprochant de moi, elle passait de l'un de ces cercles à un autre, elle échappait un bref instant à ma vue, et je me demandais si elle n'allait pas disparaître d'un coup comme une figure de cauchemar. D'où sortait-elle, trois ans auparavant, lorsque, s'étant arrêtée par hasard pour contempler les livres exposés, elle avait pour la première fois franchi le seuil de la boutique, et s'était trouvée face à M. Dufourcq? D'où sortait-elle, aujourd'hui? Où passe l'être aimé, sitôt que nous l'avons perdu de vue?

Le commissaire et le détective étaient formels. Mlle d'Urruty n'était pas revenue à Urrugne, elle n'était pas revenue à Saunis, elle n'avait pas repris, à Paris, l'appartement qu'elle avait partagé, naguère, avec Gracieuse d'Etchepare. Mais, de toute évidence, après la mort de Pampi Olçayheta, elle avait pu aisément se perdre dans Paris... passer en Espagne et se confondre aux foules de touristes qui ne cessent de s'y presser... chercher refuge, en France ou ailleurs, dans l'une des nombreuses maisons de rendez-vous dont elle avait pu avoir les adresses par Madame Neige. Qui sait même si, dans de telles maisons, à supposer qu'elle s'y fût cachée, elle n'avait pas repris ses habitudes de luxure? Rien dans sa démarche ne l'indiquait. Elle avançait, raide comme une vierge.

J'allais savoir. Elle approchait. Vincent Dufourcq avait préféré, un temps du moins, la vie aux livres, puis il était revenu vivre parmi eux. Elle avait préféré les livres à la vie, et puis... Où qu'elle eût passé ces trois années, elle n'avait pas pu ne pas apprendre la disparition du vieil homme qui avait été son mari, et le retour à Bayonne du fils prodigue. Elle pénétrait sous les Arceaux. Elle avançait vers la librairie. Elle s'apprêtait à toucher la porte. J'étais si près que je pouvais l'entendre respirer. Elle fit un dernier pas, elle tint sa main droite suspendue au-dessus de la poignée. Je ne savais pas d'où elle venait, mais je savais ce qu'elle voyait. Ce paisible tableau : un homme jeune, écrivant, penché sur ses papiers, dans une pièce rectangulaire tapissée de livres. Que demander de plus?...

Il ne la voyait pas. Il corrigeait ses fiches. L'idée me traversa qu'elle pouvait avoir un revolver dans son sac... qu'elle allait peut-être entrer brusquement et abattre celui qui, d'une certaine manière, avait pris sa place... Non. Il ne s'agissait pas de cela... Je le lisais dans ses yeux découvrant le jeune homme qu'elle voyait sans doute en chair et en os pour la première fois, après l'avoir tant vu sur les photographies que le vieux libraire conservait. Je le lisais sur son visage soudain adouci, où paraissait se dessiner un sourire. J'eusse parié ma vie qu'elle allait pousser la porte vitrée, entrer dans la boutique, se tenir bien droite devant le jeune homme et lui dire, à quelques mots près, après avoir un peu mordillé ses joues, la phrase qu'elle avait dite à son père, naguère : « Vous n'auriez pas un roman à me conseiller, pour cette nuit? » J'eusse parié ma vie qu'il lèverait alors les yeux sur elle, qu'il la reconnaîtrait, qu'il se dresserait, pareil à qui voit surgir de la nuit un fantôme, et que, comprenant tout, après un instant d'hésitation, dans un geste de pitié, de compassion, il la prendrait dans ses bras.

Oui, j'eusse parié ma vie que les choses allaient être ainsi. Cependant, Vincent continuait de travailler, perdu dans ses papiers... Mlle d'Urruty se tenait toujours immobile, la main suspendue. Je notai qu'elle n'avait pas même refermé les doigts sur le bec-de-cane. Elle gardait la main ouverte, les doigts écartés, je voyais luire les lunules de ses ongles. Allait-elle entrer? Allait-elle passer et disparaître? Le vent d'ouest se leva brusquement, j'entendis, assourdi, le grondement lointain de l'océan. Elle dut l'entendre, elle aussi, car je vis que sa main frémissait. Cette ultime seconde, elle hésitait encore. Vivre, certes... Mais sous quel empire?... L'empire des sens?... L'empire des livres?...

DU MÊME AUTEUR

Aux Éditions Gallimard

LES IMMORTELLES (Le Chemin, 1966, Folio, *nº 1168*).

LA ROSE ROSE (Le Chemin, 1968).

NEW YORK PARTY (Le Chemin, 1969).

L'AURORE BORÉALE (Le Chemin, 1973).

L'ARMOIRE (1977).

UNE VILLE GRISE (Le Chemin, 1978).

LE CAMP (Le Chemin, 1979 – Le Manteau d'Arlequin, 1988).

LE FOOTBALL, C'EST LA GUERRE POURSUIVIE PAR D'AUTRES MOYENS (1980).

LES SERPENTS (Le Chemin, 1983, Folio, *nº 1704*).

MÉMOIRES DE JUDAS (Le Chemin, 1985).

SADE, SAINTE-THÉRÈSE (coll. blanche, 1987).

L'EMPIRE DES LIVRES (coll. blanche, 1989).

Théâtre (coll. Le Manteau d'Arlequin)

LES IMMORTELLES (1980).

DEUTSCHES REQUIEM (1973).

ORDEN (1974).

LE CAMP (1989).

Chez d'autres éditeurs

VIOLONCELLE QUI RÉSISTE, Le Terrain Vague (1971).

BONSOIR, MAN RAY, Belfond (1972).

LA FRANCE À L'ABATTOIR, Ramsay (1979).

LE LAC D'ORTA, Belfond (1981).

LA FIN DU MONDE, Denoël (L'Infini, 1984).

LA RONDELLE, Mercure de France (1986).

CHRONIQUES DU FRANÇAIS QUOTIDIEN, Belfond (1991).

Théâtre

ÉTOILES ROUGES, L'Avant-Scène (1977).

LE PROCÈS DE CHARLES BAUDELAIRE, suivi de PALAZZO MENTALE et de FRAGMENTS POUR GUEVARA, Jacques-Marie Laffont (1980), épuisé.

LE PASSEPORT, LA PORTE (THE PASSPORT, THE DOOR), UBU, Repertory Theater, New York (1984).

Éditions illustrées

A. NOIR CORSET VELU, poèmes, photographies d'Henri Maccheroni, Les Mains Libres (1972).

HAVKAZARAN FOLLIES, B.D., dessins de Jean-Pierre Vergier, Kesselring (1976).

LE PAYS QUE JE VEUX, photographies de Christian Louis, Cercle d'Art (1980).

ULTIMUM MORIENS, poèmes, dessins de Shirley Carcassonne, Dominique Bedou éditeur (1984).

L'ORDRE DES TÉNÈBRES, photographies de Claude Alexandre, Denoël (1988).

EROS MECANIQUE, dessins de Jean-Luc Fournier, Olivier Techer (1989).

Impression Brodard et Taupin,
à La Flèche (Sarthe),
le 10 novembre 1991.
Dépôt légal : novembre 1991.
Numéro d'imprimeur : 6231E-5.

ISBN 2-07-038431-4 / Imprimé en France.

54114